みにくいふたり

芦花公園

presented by
rokakoen

実業之日本社

みにくいふたり

みにくいふたり

装画　たけもとあかる
装幀　円と球

目次

第一章　虫がいい話

一枝草《イージーカオ》、一點露《イーティエンルー》。

これは台湾の有名な諺《ことわざ》だそうだ。

一本の草に一滴の露。誰もが相応に天の恵みは受けられるということ。飢え死にするようなことはない。ほんの少しの希望があれば生きていけるのだ。天は人の歩みを阻まない。誰もに自分の使命があり、それに従って生きていける。楽観的で、素敵な言葉だ。

緑川《みどりかわ》芽《め》衣《い》が交換留学生に手を挙げたきっかけは観光気分だ。「台湾人は優しそう」というなんとなくポジティブな印象を持ってはいたが、それだってそんなに強く思っていたわけではない。

簡単な筆記テストと面接があっただけで、どちらも問題なく通過した。交換留学生として日本の恥にならない程度には普通の人間だったのだろう。英語は平均より少し成績がいいが、中国語はニーハオしか分からない。そんな状態で行っていいものか迷っていたが、生活指導の小菅《こすげ》先生が「毎年全く日本語ができなくてもこちらに来る生徒さんもいるから大丈夫ですよ」と言ったので、芽衣は都合よくそれを信じることにした。

調べるのは台湾のグルメとか、名所ばかりで、日常会話を習う気すらなかった。ほんの一ヵ月だ。小菅先生の言うとおり、困ることなんてない。

いよいよ出発する前日になって、学校から連絡があった。一緒に行く予定だった生田真央花《いくたまおか》が車との接触事故でケガをした。命に別状はないものの入院の必要があり、台湾へは行けないと言う。

芽衣は俄《にわか》に不安になった。

「観光気分」で「行ったらどうにかなる」と思っていたのは真央花の存在が大きかった。彼女の父親は新聞社の駐在員で、彼女自身中国に住んでいたこともあるらしい。困ったときは彼女に頼ればいいだろう、と思っていたのだ。

引率の奈良橋《ならはし》先生は一日目に挨拶だけして、そのまま帰国してしまうらしい。

ということは、やはり台湾では、自分一人でなんとかしなければいけない。ここにきて初めて、芽衣は観光気分でいたことを恥じた。しかし、じたばたしたところで、今更何ができるわけでもない。

芽衣は不安な気持ちのまま、一ヵ月間食べられなくなる母の手料理を食べ、羽田《はねだ》空港に向かった。

芽衣の姿を見た奈良橋先生は不自然な笑顔で「大丈夫よ」と言った。大丈夫ではないように見えたのだろう。

夕方四時の便に乗る。ほんの数時間。体感だと、新幹線で九州に行くくらいに感じる。台湾と日本はそれほど近いのだ。

奈良橋先生のことも、前の座席についている画面で流れている「ミッション：インポッシブル」のことも無視する。幼稚っぽい行動だとは分かっていたが、芽衣は拗《す》ねていた。完全に自業自得と分かっていても、誰からも助けてもらえないという不満を先生にアピールしたかったのだ。

当の奈良橋先生は何を話しかけても芽衣が反応しないのを見て、早々にアイマスクをして眠ってしまったから、芽衣の不機嫌アピールは無駄になってしまったのだが。

「外の気温、二十八度だって」

どうやら芽衣は一瞬、眠っていたようだった。

「あ、はい……」

奈良橋先生に声をかけられて芽衣はフットレストを閉じる。

「上着、脱いでおいた方がいいかもしれないね」

ふと窓の外を見ると、もうだいぶ陸地が近い。心なしか、外の熱気も伝わってくるようだ。

飛行機は着陸し、そのまま荷物受取所でトランクを取る。芽衣の真新しい赤いトランクには、スヌーピーのシールが貼ってある。シールを買った時のことを思い出して、また寂しい気持ちになってくる。

それにしても暑い。日本はもう秋も深まってきていて、たまに冬のように寒いことさえある。しかし、台湾で日本と同じ格好――セーラー服にカーディガンといういで立ちだと、蒸し器で蒸されているようだ。芽衣は緩いカーディガンの袖を腕から抜いて、そのままウエストに巻き付けた。普段だったら「だらしないから腰巻はやめなさい」と注意してくる先生も、何も言わなかった。

桃園國際機場という文字が大きくせり出すように刻印されている壁が目立つ。文字の下に、『台北市立中央女子高級中学』という刺繍《ししゅう》が施された大きな旗が見える。高級中学というのは、日本でいうところの高等学校とほぼ同義だ。

旗は、目が痛くなるくらいまっ黄色だった。

「こんにちは、哈囉《ハロウ》ー」

旗を見た瞬間、奈良橋先生は大げさに笑顔を作って駆け寄っていく。

「嗨《ハイ》！　奈良橋先生、好久《ハオジョウ》」

同じくらいの笑顔で答えたのは眼鏡をかけた丸顔の中年女性だ。

「緑川さん、こちら、呉《ウー》先生」

「あ、にーはお……」

呉先生は芽衣にも微笑《ほほえ》みかけながら「你好《ニーハオ》」と返した。

「じゃあ、ミス・メイ、あちらに車が停《と》めてあります。大体四十分くらいで学校に着きます」

イントネーションがほんの少しおかしいだけで、完璧な日本語だった。日本人の中に混じって話していたとしても区別はつかないだろう。

芽衣はほんの少し安心した。呉先生がいるなら、少なくとも学校内では困ることはなさそうだ。

しかし、車の中ですぐにまた、憂鬱に戻ってしまう。

「你累了嗎《ニーレイラーマー》？」

「我好累唷《ウォーハオレイヨー》。我累了《ウォーレイラー》、我想要睡覺《ウォーシャンヤオシュイジャオ》」

「不要睡覺《ブーヤオシュイジャオ》！」

二人はとても楽しそうに話している。しかし、芽衣には何も分からない。

久しぶりに会って盛り上がるのは分かるが、仲間外れもいいところだ。芽衣はふたたびぶすっとした顔で押し黙るが、二人がそれに気付く様子はなかった。

車から見える風景は、最初はビルなどが立ち並ぶ、東京となんら遜色がない都会、という感じだったが、すぐに緑の多い田園風景に変わる。

やることもないのでぼんやり見ていると、

「ちょっと走ると田舎だから、驚いたでしょう」

呉先生がそう声をかけてくる。

「ああ、はい……確かに」

「学校の周りにはあまり遊ぶところがないけれど、放課後はバスを使って観光してもいいですよ」

そんなやりとりをしたあとすぐに、校舎らしきレンガの建物と、それを囲う鉄の門が見えてくる。

促されるままに車を降りると、背の高い男性が近づいてくる。呉先生は彼に笑いかけて言った。

「こちらは用務員の黄《ホアン》さんです。ここの数少ない男の人です」

「に、にーはお」

「她是從日本來《ターシーコンジーベンライ》的留學生《ダリウシエシオン》。メイ」

呉先生は芽衣を指してそう言う。

自分が紹介されていることだけはなんとなく分かった。黄は、歯をむき出しにしてにかっと笑った。日に焼けた肌とのコントラストで歯がまぶしいほど白く見える。日に焼けているから分かりにくいが、ひょっとすると彼は芽衣とそれほど歳が変わらないのかもしれない。

黄は車のトランクから芽衣の荷物を降ろす。

「あっ、自分で……」

「いいんですよ。それより、もう待ってますからね、早く入ってください」

門に大ぶりのナイロンでできた花飾りがついている。よく見るとそれは「福」という文字が逆さになった正方形のポスターの周りに貼ってあった。呉先生にしても黄にしても、芽衣たちと全く変わらない見た目をしているのに、こういう装飾品を見ると、ここが外国だと実感する。

芽衣が門に入ると、二階の窓から大勢の少女が手を振っているのが見えた。

「太危險了《タイウェイシエンラ》、把窗戸 關 上《バーチョンフーグゥアンシャン》！」

「沒事《メイシュー》、沒事」

大声で怒鳴る呉先生のことなど気にも留めない様子で、少女たちはきゃはは、と笑いながら顔を引っ込めた。

「あの子たち、私をあまり尊敬していないです」

「呉先生、尊敬していないって言い方だとちょっと」

「じゃあ、舐《な》められてる？　言いますか？」

「やだもう、日本語うますぎ」

芽衣は軽口を言い合う二人の後ろをただついて行く。

（言葉は分からないがおそらく）注意されたのにも拘《かか》わらず、窓からまだちらちらと芽衣のことを覗《のぞ》き、手を振ってくる女の子たちがいる。芽衣は軽く会釈してそれに応えた。一応は、友好的な態度だ。皆、一様に黄色の——空港で呉先生が持っていた旗と同じような真っ黄色のシャツを着ている。きっと、制服なのだ。もしかして芽衣も制服を着ることになるのかもしれないが、着こなせる自信はない。

校内に入ると、入ってすぐ目に入る階段の右手にエレベーターがある。

「生徒はなるべく階段を使ってほしいですけど、今はトクベツ」

呉先生はそう言って三階のボタンを押した。

『校長辦公室』と書かれた金色のプレートがかかった部屋に案内される。漢字から察するに校長室だろう。

中は奥行きがあって、中央のデスクに小柄な呉先生よりもさらに小柄な年配の女性が座っている。

「ミス・メイ、こちらが校長先生の陳雅恵《チンヤーフェイ》です」

「あ、にーはお……我叫《ウォージャオ》……」

「大丈夫です、日本語できます」

一つだけ覚えて来た「私は緑川芽衣です」という意味の中国語も無意味なものになってしまった。こういうときに生田真央花がいればフォローしてくれたのかもしれない、そんなことを考えながら、芽衣は歪《いびつ》な笑みを浮かべた。

「わが校では毎年日本から交換留学生を受け入れてますから、日本語が喋《しゃべ》れる子も多いです。皆、日本大好きだから、きっと仲良くなれると思います」

「ありがとうございます、お世話になります」

「授業は基本的に英語でやります。一時間目から——」

カリキュラムや設備の説明などは、事前に学校側から貰《もら》った資料と同じだった。

「ミス・メイ、あなたは何かのクラブに入っている?」

おそらく部活のことを聞いているのだろう、と判断して、

「はい、一応、ダンスを」

そう答える。ダンスサークルとは言っても、誰も真面目にダンスなどせず、専ら駄弁《だべ》っているだけなのだが。

「そう、じゃあちょっと心配ですね」

「ええと、何が……」

「しばらく運動できなくなります。ここに来る子、皆食べ物美味《おい》しくて太ります」

「ええ、太るのは困るかも……美味しいのは嬉《うれ》しいですけど」

「参加したければ運動部に混じるのもOKです。ね、詠晴《ヨンチン》」

校長は顔を右に向けてそう言う。そこに立っていた女性が頷《うなず》いた。

「こちらは林《リン》詠晴、あなたと同じクラスです」

背の高い、詠晴と呼ばれた女性はすっと頭を下げた。

とても同い年とは思えない。それでも、同じクラスというのだから、生徒なのだろう。

老けているというわけではない。完成しているのだ。

まっすぐな鼻筋と凜々《りり》しい一重瞼《ひとえまぶた》。顎のラインが鋭角で、欧米人が描いた中国美人のイラストみたいだ。

背筋が伸びていて、立ち姿にも隙がない。

紹介されて、一応微笑みかけてくれているが、口だけが作り物のように弧を描いていて、少女らしさは微塵《みじん》もなかった。

それに、先ほど窓から顔を出していた少女たちが着用していた制服を着ていない。

黒いポロシャツだ。

「私が制服を着ていないの、不思議ですか?」

透き通るような声で詠晴は言う。

「これは部活の服です。ユニフォーム」

「そうなんですか……えっと、部活は、何を?」

「ゴルフ」

「へえ……」

ゴルフ部は芽衣の学校にはなかった。大学ならまだしも、高校だとあまり聞いたことがない。東京の学校は敷地が狭いし、近くに打ちっぱなしくらいしかないから、ゴルフを部活にしている高校が少ないだけかもしれない――

「ミス・メイ、本気にしないで、嘘《うそ》ですよ」

校長先生が呆《あき》れたように笑う。

「詠晴は優等生だけど、人をからかうのが好きなの」

「抱歉《バオシエン》、冗談です、ゴルフ部なんてこの学校にない」

詠晴は口だけではははは、と笑った。抱歉というのは「ごめんね」という意味よ、と奈良橋先生が小声で言った。

「ごめんなさいね、ミス・メイ。本当に詠晴は優秀でいい子なんです。時々、こういうことをするだけ。詠晴は、日本で言うと――生徒会長のような存在で、これからあなたのお世話をしてくれます。日本語も堪能《たんのう》です。私や、呉先生よりもうまい」

「そうなんですか、すごい……」

「いいえ、全然です」

それじゃあ、と言われ、芽衣は校長室から出された。奈良橋先生は校長先生と呉先生と大人同士の話があるらしい。

「まず、寮に案内するね」

詠晴は芽衣の前をすたすたと歩く。足が長いからか、歩幅が広くて、芽衣は必然的に小走りになってしまう。芽衣は必死に足を動かしながら、すでになんとなく、詠晴のことは好きになれないと思った。

台湾の人の印象は、優しくてフレンドリーで何と言っても親日的だと思っていた。芽衣自身に自覚はなかったが、もっとちやほやされて当然、そういう考え方が根底にあった。だからこそ、詠晴のドライな態度が受け入れられなかった。

学生寮は校舎の裏手にあった。見た目は校舎と同じで、レンガ造りをしている。

中に入ると、小窓が開いていて、その向こうに眼鏡をかけた中年の女性が座っているのが見える。詠晴はその女性に向かって、

「你好嗎《ニーハオマ》。她是日本來的留學生《ターシージーベンライダリウシエシオン》、ミドリカワメイ」

名前を言われたので、紹介されたのだということが分かる。芽衣は慌てて頭を下げた。

「ミス・メイ、この人は管理人の李《リー》さん。日本語はできないけど英語なら少し通じるから、困ったことがあったら相談するといいよ」

「うん……」

李さんはにこにこと柔和な笑みを浮かべる。小窓の左にある扉から出て来た彼女は、腕に茶色い猫を抱えていた。

「可愛《かわい》い、猫だ」

「可愛い」という言葉は分かったのか、李は猫を芽衣に向かって差し出してくる。芽衣がおそるおそる手を伸ばしたところで、猫は李の腕から飛び降りて、どこかへ消えてしまった。

「猫が好きなの?」

「うん、好き。飼ってはいないけど、猫の番組も好きだし……」

「あの子は糖糖《タンタン》という名前。学校の敷地内をうろうろしてる。赤い首輪してるからすぐに分かる。それと、もし猫が好きなら、近所に猫が集まるスポットがある。友達と行ったらいいと思う」

自分は友達になる気がない、ってことね。そう言いたいのを芽衣は堪《こら》えた。李はにこにこと芽衣と詠晴を見ている。言葉は分からなくても、喧嘩《けんか》などしたら李が悲しむだろう。

芽衣が曖昧に笑い返すと、李は手招きをして、階段を登って行く。

三階に到着すると、数人の少女がいて、皆、芽衣の顔を見ると笑顔を浮かべる。しかし、芽衣の横に詠晴がいるのを見ると、さっと散ってしまう。

きっと詠晴が特殊なのだ、と芽衣は思う。きっとこういう感じの悪い態度を取るから、先生以外には嫌われている。「人をからかうのが好き」というのも、先生側からの好意的な視点によるもので、実際は単に、意地の悪いことを言っているだけなのではないか。

高校にはいなかったが、中学校にはそういう同級生がいて、やはり生徒たちからは嫌われていた。

案内された部屋はそれなりに広かった。ベッドが向かい合わせに二つ置いてあって、その横には棚がついている。右手側のベッドにおそらく黄が運び入れたであろう芽衣の荷物が置いてある。左手のベッドの上には赤い服が投げられたように置かれている。二人部屋で、生田真央花さえ一緒に来ていたら、彼女と使うことになっていたのかもしれないが、きっと芽衣一人だから、誰か知らない台湾人と同室になるのだろう、と芽衣は思った。

シャワーとトイレも付いていて、刑務所のような部屋も覚悟していたから少し安心する。

李はお湯の出し方と、共同スペースにある洗濯乾燥機の使い方だけ説明して、管理人室に戻ってしまった。

「荷物の整理は後にして。今から、教室の案内をするから」

あまり優しさの感じられない口調で詠晴は言う。そんなこと分かってるよ、と心の中で不平を言いながら芽衣はトランクから手を離した。日本語が通じるから、毒づくこともできない。

「あなた、一人部屋だよ、自由に使えて良かったでしょ」

廊下を移動していると詠晴がそんなことを言う。

「え？　一人部屋なの？　でも、赤い服が置いてあったよ」

「ああ……あれは、置いてあるだけ。使わないよ。だから、一人でゆったり部屋使える」

同室の少女は、よほどの不良生徒なのかもしれない、と想像する。二人用の部屋を一人で使っているのは、あまりにも問題ばかり起こすからに違いない。ほとんど部屋に帰って来ないというなら、迷惑をかけられることもなさそうだが。

校舎に戻ると、詠晴は速足ながらも、比較的丁寧に案内してくれた。

「まあ、一回では覚えられないだろうから、分からなかったら聞いてね。私じゃなくても、大丈夫。皆、いい子たちだから、教えてくれるよ。授業は、明日から参加するんだよね」

「うん、緊張する」

「それも大丈夫だと思うよ。分からなかったら、あなた向けにゆっくり進行してくれると思う。先生方も、日本が大好きだから」

厭味《いやみ》っぽい言い方だ。それと同時に、心が読まれたようで、芽衣は恥ずかしくなった。

詠晴とはあまり話さない方がよさそうだ。

「そうだ、これ、持ってて」

詠晴はその長い指で一枚のカードを渡してくる。白地に、赤・橙《だいだい》・青・緑の絵具を散らしたようなデザインだ。

「悠遊《ヨーヨー》カード。バスとかメトロに乗るときに使って。チャージしてあるから」

「あ、ありがとう……」

日本で言うＳｕｉｃａ《スイカ》みたいなものかもしれない。

「じゃあ、私、このあと行くところがあるから。寮まで一人で帰れるよね」

詠晴はそう言って、立ち去ろうとする。芽衣としてもあまり彼女と話したくないわけだから立ち去ってくれてかまわないが、一つだけ気になっていることがあった。

「あの、一つ聞いていいかな？」

「なんですか」

「どうして、あなただけ制服を着ていないの？」

「ああ、そんなこと、まだ気にしていたの」

詠晴はふ、と軽く笑って言った。

「黄色だったら虫が付くじゃない」

詠晴の言ったとおり、皆優しかった。

授業は全て英語で行われた——というより、芽衣の参加する授業は英語で行われる授業だけだった。授業と授業の空き時間は、学校の周りを散策したり、日本に送るためのレポートを書いたりして過ごせ、ということだったので、芽衣はそれに従った。

「コンニチハ!」

芽衣の姿を見ると、皆笑顔で挨拶をし、英語、あるいは日本語で何か困っていることはないかと尋ねてくれる。友達とはまだ呼べないが、もう顔見知りは何人もいる。皆、「NARUTO—ナルト—」や「ONE PIECE」は知っていて、マンガをきっかけに話が弾んだ。奈良橋先生は予定どおり、昨晩の飛行機で帰ってしまったが、特に何も感じなかった。芽衣にはもう、ここに来た時の不安はなかった。

「奈良橋先生、私、思いっきり楽しんでる写真をメールするから、真央花に見せてくれませんか?」

芽衣が別れ際にそう言うと、奈良橋先生は「え?」と戸惑ったように言った。

「どうして?」

「だって、写真は残るでしょう。いつでも見返せるし、思い出にもなるから。真央花は台湾に来れなかったけど、台湾の思い出は残るっていうことです。それに、少しは私を一人にした罪悪感を感じてほしいし」

奈良橋先生は薄笑いを浮かべて、

「そんなことしなくていいんじゃない？」

と言った。

面倒に思ったのかもしれないが、引率教員としての務めは果たしてほしい。

詠晴の言ったとおり、部屋のもう一方のベッドには赤い服が置いてあるだけで、本当に誰も帰ってこなかった。同室に誰もいないというのは寂しくもあったが、気兼ねなく過ごせるということでもある。

荷物を乱雑に広げ、整理もしないままでも誰も気にする人はいない。

自動販売機で買った読めない名前のジュース（リンゴ味だった）を飲みながら、授業内容をノートにまとめていると、チャイムが鳴った。お昼休みの合図だ。

昨日声をかけてくれた子と一緒に食べる約束をしているので、芽衣は彼女たちがいる二階の教室に向かう。教室のつくりは日本の学校とほぼ同じで、漢字しか載っていないポスターなどが貼られていなければ外国とは思えない。

「あれっ」

指定された教室の扉を開けて、思わず声を上げる。誰もいなかった。廊下でも何人かすれ違ったし、隣の教室からは少女たちの笑い声が聞こえてくる。

芽衣は一応中に入ってみて、確認した。やはり、誰もいない。

「教室間違えたかも」

そう呟《つぶや》いて、芽衣は扉に手をかけた。

ふわりと何かが香る。花の香りだ。でも、芳香剤の匂いとか、家の側《そば》に生えていた金木犀《きんもくせい》の匂いとも違う、あまり嗅ぎなれないものだ。空港の化粧品店の前を通ったとき、似たような香りはしたかもしれない。

なんとはなしに、振り返る。

うっ、と声にならない声が喉から漏れた。

何かがいる。教室の隅に、何か黒いものがいる。

外からは相変わらず人の声や鳥の鳴き声、空調の音、そういうものが聞こえてくるのに、この場所にはそれと、芽衣しかいない。

黒いものはもぞもぞと動いている。まるで、芽衣に存在を気付かせようとしているみたいに。

教室に入って、独り言まで言ってしまったことを後悔した。

「あ」

黒いものが何か分かった。

蠢《うごめ》く虫だ。

ぞわぞわと、びっしり、ぞろぞろと、這《は》い廻《まわ》って——

肩を叩《たた》かれる。

気が付くと、芽衣は四人に囲まれ、見下ろされていた。赤色の眼鏡が特徴的な龙鑫磊《ロンシンレイ》、少年のような短い髪をした富尚香《フーシャンシャン》、真っ黒に日焼けした万橘子《ワンチーズ》、長くカールした髪の朱米雪《チュミーシェ》。一緒に昼食を摂《と》ることを約束していた少女たちだ。

「大丈夫？」

四人の中でも一番日本語が堪能な尚香が声をかけてくる。

「お昼来ないから、探しに来たら、メイ、ここで倒れてた」

「あ、ごめんなさい……行けなくて」

尚香は首を横に振る。

「そんなこと、大丈夫。えと、醫務室《イーウーシー》……」

「医務室って言った？」

「それ。医務室、行った方が良い」

「え、そんな、私、大丈夫だよ」

実際、芽衣には何も起こっていない。尻もちをついただろうに、臀部《でんぶ》も痛まないし、頭もはっきりしている。

「私、案内する」

尚香が目配せをすると、米雪が駆け出した。

本当に大丈夫なのに、と内心思いながらも、素直に従った。一人になるのが怖かったからだ。

あの場所にあった黒いもの。もぞもぞと動いていた塊。あれはなんだったのだろう。幻覚とは思えない。

背筋に冷たいものが走る。似たような光景を見たことがあった。そして、それが先ほど見たものと合致することに気付いてしまったのだ。

猫の死体。

車道で引き潰され、目が飛び出ていた。そこに無数の蠅《はえ》が群がり、腐った肉の臭いが充満していた。

小学校の時の記憶だ。

あれは何、と母に尋ねた。母は猫の死体よ、と言った。

だから芽衣は、猫が好きなのに、好きでたまらないのに、今でも猫には触れない。血にまみれ、腸が飛び出し、臭くて、汚い死体がどうしても、脳にこびり付いて離れない。

「あれっ」

吐きそうなくらい気持ちの悪い記憶を思い返す中で、芽衣はある違和感を覚えた。目の前を歩く尚香に尋ねる。

「私、どこに倒れてた？」

「え？　さっきのところだよ」

さっきのところ、というのは階段を上がってすぐの消火器が置いてあるスペースだ。それがおかしい。芽衣の最後の記憶は、教室の入り口だった。

「どうかした？」

「あの……待ち合わせしたのって、２Bだったよね？」

尚香はきょとんとした顔をして、

「いいえ、２Dだよ」

色々な憶測が頭を廻《めぐ》る。しかし、それらが形になる前に、医務室に着いてしまった。

既に大体のことは米雪が説明していたらしく、入った瞬間、芽衣はすぐに座るように促された。

結局芽衣はその日、すぐに自室に戻って安静に過ごすことになった。頭も打っていないし外傷もないが、念のため、ということだ。

本当は放課後、尚香たちと珍珠奶茶《タピオカミルクティー》を飲みに行くことになっていたのだが、それもなしになった。心配してくれているのは分かるが、予定を楽しみにしていた芽衣は、寂しいような気持ちになり、苛《いら》ついた。

「どうせ、私なんか一ヵ月で帰る人間だもんね」

そう声に出して毒づいても、一人の部屋で応える人間はいない。

携帯電話は親から持たされているが、電話ができるだけの代物で、しかも暇潰しにはならない。一応パソコンでインターネットは使えるらしいが、そのためには管理人の李に許可を取ってから、共有スペースに行かなくてはいけない。その手続きを踏むのはかなり億劫《おっくう》だった。

結局、家から持ってきた「20世紀少年」を読んだが、何度も読んだ内容だから、すぐに飽きて眠くなってしまう。シャワーも浴びていないが、このまま寝てしまおう。そう思って芽衣は目を瞑《つぶ》った。


目が覚めたのは、朝になったからではないことはすぐに分かった。

部屋が暗い。

その時点でおかしい。明かりをつけたまま、眠ったのだから。

強い匂いがしたのだ。だから、目が覚めた。

真っ暗になった視界で目を開けていることが恐ろしくて、芽衣はふたたび目を瞑った。瞼が震える。でもきっと、同じくらい鼻腔《びくう》も震えている。

それは、昼に嗅いだ花の匂いだった。

す、すす、と衣擦《きぬず》れの音がする。

誰かがいる。

芽衣の脳裏にまた、猫の轢死体《れきしたい》が蘇《よみがえ》る。

衣擦れの音ではないかもしれない。

芽衣のすぐ横に、あの黒い、虫の塊があって、無数の虫の羽音が、擦《こす》り合わせるような音を鳴らしている。そうかもしれない。

花の匂いが近付いてくる。

額にぬるい空気がかかった。

何かが顔のすぐ前にいる。気配がする。

悲鳴すら出せなかった。芽衣は絶対に開かないようにますます瞼に力を入れる。

とうとう額に何かが触れた。

しっとりしている。生暖かい。

芽衣は恐怖でほとんど気絶しそうだった。

人の手のように感じる。

それは芽衣の額を通り、頬を這い、唇を撫でる。

唇を割って、口腔内に侵入してくる――そう思った時、意思とは裏腹に、大きな叫び声が出た。

「やめてっ」

芽衣が叫んだのと同時に、どさりと音がした。反射的に音のした方向に目を向けてしまう。

人、に見える。

虫ではない。

勿論《もちろん》、死体でも。

外から少し差し込んだ月明かりに照らされたそれは、芽衣の方を見ている。

芽衣がそれの顔貌を認識した刹那、ざっと顔を伏せた。しゃがみ込み、その姿勢のまま、部屋を出て行こうとしている。

「待って」

芽衣は右手を伸ばして、それの手のあたりを摑《つか》んだ。ぞわりとした不快感がある。それでも放してはいけない気がした。

「綺麗《きれい》」

芽衣の口から、なんの衒《てら》いもない言葉が漏れた。

綺麗。そう、それは、綺麗な少女の姿をしている。

床に引き摺《ず》るほど長い埃《ほこり》まみれの黒髪さえも、美しく感じる。

大きな瞳。丸い瞳孔がはっきりと見える。

すっと通った鼻の下に、花弁のようにふっくらとした唇が付いている。

あまりにも整いすぎている。作り物のようだ。

「人間じゃないみたい……」

芽衣は胎《はら》の中心から湧き上がってくるような不快感に気付きながらも、その美貌から目が離せなかった。

芽衣が彼女を見ているのと同じように、彼女の目にもまた、芽衣が映っている。

「啊《ア》……」

闇の中で象牙のような色に見える唇が開いた。声の響きも不気味で、虫の羽音のように聞こえたが、芽衣はずっと聞いていたいと思う。

この不気味で、気持ちの悪い少女を、どうしてここまで魅力的に思うのか、芽衣には分からなかった。ただ、一秒でも長く、彼女のことを見て、吐き気に耐えていたいと思ってしまう。

「ねえ、あの教室に、いた?」

言葉の問題など気にしなかった。本能的に、彼女は自分の言っていることを理解すると確信していた。

「ねえ、もしかして私を心配してくれた？　見に来てくれたの？」

ぐん、と腕が強く引かれ、そして摑んでいた手が離れた。途端に不快感が消える。しかし、芽衣は少しも嬉しくなかった。

「ねえ、どうして……」

声が闇に溶けていく。

美しい少女は、もう部屋にはいなかった。


芽衣の頭の中はあの少女のことで一杯だった。

あれが、詠晴が「置いてあるだけ」と言った洋服の持ち主なのだろうか。本来なら、芽衣と同室であるはずの。

尚香をはじめとする四人組は芽衣が教室に入った瞬間駆け寄ってくる。

「体調は大丈夫？」

「あ、うん、大丈夫……」

「無理しないで」

口々に声をかけられても、芽衣は気もそぞろだった。

その後授業が始まっても、内容が頭に入って来ない。教室をぼんやりと眺めていると、一つだけ席が空いていることに気が付く。

授業が終わり、今日こそ遊びに行こうと声をかけてくる四人に、芽衣は質問を投げかけた。

「ねえ、あの席って、誰も使ってないの？」

「ああ、あの席は、虫の席」

「虫？」

芽衣が聞き返すと、米雪はたどたどしい日本語で言う。

「虫。黒い。気持ち悪い」

どういうこと、とさらに尋ねようとすると、

「ちょっと、いい？」

質感で言えばプラスチックのような声が背後から聞こえた。滑らかだが、人工物のようで、温かみが感じられない。

「林詠晴……」

絞り出すような声で橘子が言った。見ると、あからさまに四人の表情が暗くなっている。

「いいよね、ミス・メイを借りても」

四人の言葉を待たず、詠晴は芽衣の腕を強く引いた。

「痛っ、ちょっと、なに」

「いいよね」

詠晴は機械のように繰り返す。四人に言っているのではない。もしそうなら、台湾の言葉で話したはずだ。だから、答えなど必要としていないのだろう。

抵抗できないほど強い力でずんずんと進んで行くので、芽衣は引き摺られるような形でついていくしかない。

二階分階段をのぼり、美術教室と書いた札のついている室内に入る。芽衣はまだ美術の授業を受けたことがない。木製の足が短い椅子と、いくつかの石像、そしてガラス瓶が並んでいた。

「沒人《メイレン》……」

「ちょっと、いい加減、放して」

日本語が非常に堪能な彼女が芽衣には分からない言葉で話すことさえも嫌がらせのように感じて、芽衣は詠晴の腕を振りほどいた。

「何の用？」

詠晴は振りほどかれた腕を反対の手で擦《さす》っている。

「質問があります」

時報の番号に電話をかけたときのような、何の感情も籠らない声。やはり、無性に腹が立つ。

「そんなの、皆の前で言えばいい。なんでわざわざあんたと二人きりになる必要が」

「昨日の夜、何か見た？」

詠晴は芽衣を完全に無視して続ける。

「というか、見ましたよね。見た前提で聞くけど、あなた、何か話した？」

昨日の記憶が、また鮮明に蘇った。

「綺麗な子」

思わず、そう言ってしまった。

「すごく綺麗な子だった」

言ってしまってから芽衣は後悔した。目の前の感じの悪い女には、一つも情報を与えたくないのに。

「恶心死了《ウーシンスーラ》」

「それ、やめてよ」

芽衣は詠晴の顔を睨《にら》みつけた。詠晴は全く怯《ひる》むこともなく、切れ長の瞳でじっと芽衣を見ている。癪《しゃく》ではあるが、美人という点では詠晴も同じかもしれない。でも、あの少女には遠く及ばないが。

「私はそっちの言葉分からないのに、ひどいよ」

「あなたが分からないことが、どうして私の責任になるの」

詠晴は淡々と言った。

「分からないなら勉強すれば分かるようになる。私はあなたの国の言葉を勉強して、できるようになった。あなただって理解したいならそうすればいいだけ。それでもしないのは、結局あなたが理解してほしいだけで、こちらを理解しようとはしていないから」

何も言えなかった。詠晴の言っていることは正論だった。

着いたばかりのときのことも同時に思い出す。

そうなのだ。芽衣はお客様として、台湾の人におもてなしされることを当然だと思っている。

詠晴のことが苦手だと思うのも、彼女は唯一、芽衣をお客様扱いしないからだ。恥ずかしさで顔が熱を持ち、唇が震えた。

ふふ、と詠晴が笑う。薄い唇が絵文字のように笑顔を作っている。

「ごめんね、冗談です。そんなこと思っていない。日本語で話すよ」

芽衣はもう、「ありがとう」さえ言う気にならなかった。

「さっき言ったのは、悪心死了、悍《おぞ》ましいという意味。本当に気持ち悪い」

詠晴は木製の椅子に腰かける。あなたも座ったら、と言うので、芽衣は近くにあった椅子に座った。

「さっき綺麗な子と言っていたから、本当にそうなんだね。あれは、気持ち悪いものだから、関わらない方が良い」

「え、そんな……」

「あなただって、気持ち悪いと思ったんじゃないの」

芽衣は少し迷ってから頷いた。飛びぬけて美しい少女だった。それと同時に、同じ人間に対して、あれほど不快感を持ったのも初めてだった。

「何も話さなかった?」

「うん……あ、とは言ってたけど、会話はしてない。そもそも、私の言葉、分かっていなかったかもしれないし」

「いいえ、分かるよ。あれは、分かってる」

「じゃあ、あの子も、日本語が分かる子なんだね」

「あの子、なんて、ふふ」

詠晴は美しい眉を歪《ゆが》めた。

「同じ生き物だと思うの？」

「それは……」

言い淀《よど》む。詠晴の言わんとすることが分かったからだ。

「分かるでしょう。言葉を交わさなくても分かると思う。気持ちが悪いから」

美しくて、ずっと見ていたい、そういう気持ちと、気持ちが悪くて、不快で、逃げ出したい。

二つの相反する感情が同時に生まれたのが不思議だった。詠晴の言うとおり、同じ人間でないとするなら——

「あの子はなんなの」

「まだ、あの子って」

「それは分かったから。あんたの言いたいことも分かる。だけど、何か知りたい」

「蟲《チョン》」

詠晴の顔から張り付いたような笑顔が消えている。

「何かと言われれば、蟲。日本語で言うなら、虫って意味。黒くて小さくてうじゃうじゃいて気持ちが悪い、虫。虫には関わらないで」

「それって……イジメ？」

芽衣はほんの一瞬前に「同じ人間ではない」などと納得しかけたことを反省した。

あの子は人間だ。

気持ちが悪いと感じたのは、身なりが汚かったからだ。埃だらけの全く手入れしていないように見えた髪。そんな風貌の人間に不快感を覚えるのは誰でも同じだ。

芽衣も小学生の時、ほんの一瞬ではあったがいじめられていたから分かる。

無視されたり馬鹿にされたりすると自信がなくなる。自分がどんどん無価値に思えてきて、態度も言葉も比例して卑屈になっていく。それを見て、他人はますます不快に思う。

況《ま》して、「虫」なんて呼ばれたら。

「そういうの、本当に無理」

「イジメ？」

「とぼけないでよ。ハブってるじゃん。それで、虫なんて呼んで、イジメ以外のなんなの」

「あなたと私は人間。教室にいた女の子たちも人間。あれは虫。それだけだけど」

「ひどい」

「恵君《フエンジュン》」

「は？」

詠晴は全く声の調子を変えない。

「あれの名前は、恵君。一般的な女の子の名前。でも、名前がついているからと言って、人間ではない」

「だから、そういうの無理だって言ってるじゃんっ」

ガタン、と大きく音を立てて、芽衣は椅子を蹴飛ばし、立ち上がった。我慢ならなかった。

「わざわざ呼び出して、イジメのお誘い？　いい加減にしてよ。気持ち悪い。あんたも、あんたのクラスの人も、どうかしてるよ」

「私は親切で言ってる」

「日本にもいるよ。一緒にいたらあんたもイジメの対象になるみたいなこと言ってくる奴《やつ》。そんなこと言う前に、イジメをやめればいい。私はそんなことしないから。言っとくけど、私をいじめたら、日本の学校にすぐ報告が行くから」

「はは」

詠晴はバカにしたように笑った。

「そうだよね、日本人だもんね」

「何がおかしいの」

「もう行っていいよ」

詠晴はけらけらと笑いながら犬でも追い払うかのように手を振る。

芽衣は倒した椅子をさらに蹴飛ばして扉に手をかけた。

背後から詠晴が「忠告はしたから」と言うのが聞こえた。

芽衣は孤立することになった。

詠晴が手を回したわけではない。

詠晴に「忠告」をされた翌日、学校に行くと、カールした長い髪が特徴的な米雪が話しかけてきた。

「詠晴に何か言われなかった？」

「何かって、なに？」

強い口調で聞き返すと、米雪は気まずそうに目を逸《そ》らした。

「聞いたよ。あなたたちがしてる、イジメのこと」

「イジメ……？」

「とぼけないで」

芽衣は立ち上がる。小柄な米雪はそれだけで怯《おび》えたように体を震わせた。

これでは、芽衣が米雪のことをいじめているように見えるかもしれない。芽衣はそれでも構わなかった。

「あの子のこと、虫なんて呼んで。どういうつもりなの」

米雪は何も答えなかった。その代わり、奇妙なものでも見たような顔をして、芽衣をじっと見つめた。

「どういうつもりかって聞いてるの！」

「お、大きい声、出さないで……」

芽衣の声で教室が静まり返る。皆、芽衣の方を見ている。

芽衣は深呼吸を繰り返してから言う。

「ちょうどいい。皆聞いてるんでしょ。どうしてイジメなんかしてるの。人を虫って呼ぶなんて、最低だよ」

「虫は虫だよっ」

尚香が米雪と芽衣の間に割って入ってきて、庇《かば》うように両手を大きく広げた。

「虫のことを虫と呼んで、何が悪い！」

「何が悪いって……」

彼女の剣幕に驚き、次の言葉が出てこなかった。

「あなたは日本に帰ってしまう！　それで終わり！　虫のことをこれ以上話さないでくださいっ」

尚香は敵意の籠った目で芽衣を見ている。そして、米雪の腕を引いて、立ち去ってしまった。

気が付くと、二人だけではなく、クラス中が芽衣のことを見ている。恐れとも怒りとも違う。ただ、不審者でも見るような目。

ほんの少し前まで優しく手を振ってくれていた彼女たちとは別人のようだ。

結局、そのままの状態が次の日も、その次の日も続いている。

「でも、イジメをするような人たちとは関わりたくないし」

そう一人で呟いてみる。自分の声が自分の耳だけを通ってまた自分の中に入っていく感覚は、孤独感を増幅させる。それでも芽衣は寂しくなると、ぶつぶつと独り言を言う。

今のところ、誰も話しかけてこないだけで、積極的に嫌がらせを受けているわけではない。

だからといって、直接的に意地悪なことをされるよりマシだとは思えない。先生たちの反応さえ、なんだかよそよそしいように感じられる。

放課後も、誰も声をかけてこない。芽衣の方から声をかけても、曖昧に笑って距離を取られてしまう。

ほぼ間違いなく詠晴が首謀者だろう、芽衣はそう思う。授業中、詠晴と目が合ったとき、どうしても恨みを込めて睨んでしまった。

しかし、詠晴はにっこりと、切れ長の瞳をさらに細めて笑うだけだ。余裕綽々《しゃくしゃく》な様子が憎らしい。

一人きりで靴を履き替え、とぼとぼと寮まで歩いていると、

「メイ、コニチハ」

背後から声をかけてきたのは、唯一の男性であり、用務員の黄《ホアン》だった。

「あっ、こんにちは」

黄は真っ白な歯を見せて笑う。

「メイ、アーユーOK？」

黄はたどたどしい英語で言った。

「あ、うん、OK、OK」

間近で見ると、やはり黄は若い。外仕事のせいか真っ黒に日焼けをしていて、さらに縦にも横にも厚みがある体をしているから、ぱっと見では実年齢よりもかなり老けて見えるのだろう。

「你臉色很差啊《ニーレンスーヘンチャア》」

黄は顔の周りを指でくるくると指す。芽衣には何を言っているか分からない。でも、眉毛が困ったように下がっているから、心配してくれているのかもしれない。

「謝謝《シェイシェイ》」

軽く頭を下げると、黄は困ったような顔をする。何か言いたそうだったが、それには気付かないふりをした。

その場から立ち去ろうとすると、肩を軽く摑んで引き留められる。

「なに？」

日本語でも通じるように、芽衣は大きく首を傾《かし》げる。

黄は持っていた大きなバッグの中を漁《あさ》って、一本のスプレー缶を取り出し、芽衣に押し付けて来た。

「這是用來驅蟲的《ジョ シヨンライチーチョンダ》」

スプレー缶には紫色で殺蟲劑と書いてある。殺虫剤のことだろう。

「あ、くれるのかな……」

芽衣はもう一度頭を下げる。そう言えば、日本ではあまり見たことのない、蚊より大きくて、蠅より小さい黒い虫が飛んでおり、鬱陶しい。それは、寮の中にも飛んでいた。

スプレー缶を持ったまま、芽衣は足早にその場を去る。黄は何か言いたそうにしていたが、それには気付かなかったことにした。

親切にされても、それを鬱陶しいとしか思えないときがあり、それが今だ。

部屋に入ると、花のような香りがした。強かったり弱かったりはするが、ここに来てからどこもかしこもこの花のような香りが付きまとう。こちらではポピュラーな洗剤や石鹸《せっけん》の匂いなのかもしれない。

服を脱ぎ捨てる。下着のままでも、同室には誰もいないのだから、気を遣う必要はない。

「もっと、台湾の言葉、覚えてくればよかったのかな」

芽衣はベッドの上で膝を抱える。

本来なら、こちらでできた友達と一緒に、色々なところに遊びに行って、お土産リストにあったものを消化できていたし、それに――

考えても仕方のない、もしもがたくさん浮かぶ。両親にはとても相談できない。以前もっとあからさまにいじめられたときも、芽衣は両親には言い出せなかった。どうしても、恥ずかしいという気持ちがある。それに、両親は、何より芽衣のことを優先にしている。ひどい扱いを受けていることを両親が知ったら悲しむだろう。

芽衣は学校側から渡された報告シートを取り出し、書くことにした。

これは授業や行事などの報告をするためのものだが、自由欄がある。そのとき自分が感じたことを、日記のように記すスペースだ。日本にいたときは、こんなもの、埋めるのが面倒だからなければいいと思っていたのだが。

『イジメを見かけて注意したら無視されてしまいました』

そう書いてから思い直して、全部消して書き直す。

『注意したら無視されてしまいました』

それでもなんとなく、おさまりが悪いような気がして、消しゴムで消す。

『　　無視されてしまいました』

無視、だけは消せない。

喉から嗚咽《おえつ》が漏れた。

「私、何もしてないのに」

無視、の二文字が滲《にじ》んだ。頬を伝って、何滴も涙が零《こぼ》れる。

「私……何も……」

涙が零れたらもうお終《しま》いだった。

拭っても後から後から零れて、涙を流していること自体が哀《かな》しくて、止まらない。

詠晴の忠告をきちんと聞けば良かったのかもしれない。「虫」のことは気にせず、一ヵ月、楽しく過ごせばよかった。大体、もっとうまくやりようがあった。わざわざイジメをやめろと言う必要があっただろうか。

あなたは日本に帰ってしまう。

そのとおりだ、と芽衣は思う。

どうせ日本に帰ってしまう自分が何を言っても、彼女たちの行動を変えることなどできない。

芽衣が表立って指摘したことで、「虫」の状況が良くなったわけではない。むしろ、芽衣が糾弾したことによって、鬱憤の矛先が彼女に向くかもしれない。

「ごめんね」

嗚咽と共に言葉が出る。

「余計なことして、ごめんね」

報告シートの上にぷっくりと丸を作った水滴を、指で拭きとろうとした時だった。

背筋がぞくりとする。同時に、とてつもない違和感で胃の中が掻《か》き回されているような気分になった。どこも痛くはないのに、無理矢理背骨を引き抜かれたようなイメージが脳内で再生される。

芽衣は握っていた鉛筆を取り落とした。

背後に何かがいる。

小さな呼吸音が聞こえる。

「ごめんね、違うよ」

花の香りが鼻腔に雪崩《なだ》れ込む。鼻から通った匂いが脳まで侵入してきそうで、芽衣は頭を強く振る。

「泣かないで」

背中に何か柔らかいものが触れる。

すぐに払い落としてしまいたいくらい気味が悪い。振り向きたくない。

「ごめんね、こっち、言う方」

背中に当たった柔らかいものが頬に触れる。柔らかい、しかし、無数の虫に這い廻られているような悍ましい感触が背中を走り抜ける。

声を聞きたくない、と思った。

耳に入ってくるものもまた、虫だ。脳を食い進まれそうな悪寒で体が震える。

目の前の紙がぐちゃぐちゃに汚されている。芽衣の口から、鼻から、嘔吐物《おうとぶつ》が垂れ落ちる。

芽衣は大きく腕を払った。今すぐ、どうしても、背後にいる何かにどこかに行ってほしかった。そうしないと頭がおかしくなってしまう。

指先に当たった体は人間のものとは思えない。涙で目が霞《かす》む。

「ウッ」

女の子の可愛い声のはずのそれは、虫の羽音だ。やはり、そうとしか思えない。

恵君。

たしか、詠晴はそう言っていた。

芽衣は咳《せ》き込みながら、今さっき自分が払いのけた少女を見る。

少女は——恵君は、大きな瞳を潤ませて、芽衣を見上げている。

「恵君」

思わず口に出す。

蕾《つぼみ》が綻ぶように、恵君の唇が開いた。

「私の名前、呼んでくれた」

耳障りだと思う。でも、その音が発される場所からは目が離せないのだ。

芽衣は汚れた口元を拭うこともせず続ける。

「あなた、日本語……」

「うん、できる、よく、聞くから」

よく聞くというのはどのような意味だろう。ドラマやラジオなどで聞く、という意味だろうか。

「恵君……日本語、うまいよ、すごく……」

そんな話がしたいのではない。沢山聞きたいことはあるのに、芽衣の口から出てきたのはこれだった。

お世辞ではない。ひょっとすると、詠晴くらい上手《うま》いかもしれない。ひとつひとつ、単語を絞り出すように話すけれど、片言ではない。

「ありがとう」

恵君は服の裾を直しながら立ち上がった。背は低くも高くもない。芽衣と同じくらいで、背格好だけならごく普通の少女のように見える。

ここに来た時、ベッドの上に置いてあった赤い服と彼女の洋服は全く同じ色をしている。幾何学模様のような刺繍が施してあって、ひどく珍妙に見える。そもそも、これを服と呼んでいいものか。

色々なことを考えるけれど、どんどん頭から零れて、きちんと纏《まと》まらない。

「ごめん、あなたと話すつもり、なかった」

恵君は申し訳なさそうに目を伏せる。長い睫毛《まつげ》が百足《むかで》の脚のようだ。

「どうして？」

「私、虫だから」

「虫じゃないよ」

芽衣は手を伸ばした。

落ち込んでいる人の肩を軽く叩く、誰でもやる仕草。しかし、芽衣はどうしても、恵君の肩を触れなかった。

恵君はそれを見て、諦めたように微笑んだ。

「虫だよ、分かる、でしょう」

大きな瞳に、自分の顔が映っている。芽衣は自分の表情を見てぞっとする。嫌悪の感情が詰まったような眼差《まなざ》し。最低だと思う。口では偉そうにイジメはやめろなどと言っておいて、自分も恵君に対して彼女たちと同じように反応している。

最低だと分かっていても、目の前の、蛍光灯の明かりを反射する瞳は、どこまでも透き通っていて美しいのに、蜻蛉《とんぼ》や蟷螂《かまきり》の目にしか見えない。

虫は虫だ。

彼女たちの言っていることは間違っていないのだ。

恵君はくるりと背を向けて、去って行こうとする。

「待ってよ」

恵君が動きを止める。

「なに？」

「話すつもりなかったんならさ、なんで、声かけたの？」

「泣いてたから」

蜂の羽音のような声で恵君は静かに言った。

「心配、だった。でも、大丈夫。私と話してみて、やっぱり、虫は虫だったと、言えばいい。気持ち悪くて、話すべきではないと、言えばいい。そうすれば、元どおり」

「そんな……」

「私、本当に、虫なの。虫を、虫と言って、何が悪いの」

芽衣は立ち上がり、恵君を後ろから抱き締めた。

同時に、耐えがたいほどの吐き気に襲われた。手に伝わる柔らかい感触はぶよぶよとした幼虫を握りつぶしたかのようだ。それでも、芽衣はそのまま話した。

「恵君、行かないで」

恵君はしばらくもぞもぞと体を動かした。そのたびに悍ましい感覚が脳を攻撃した。

蝶《ちょう》だ、と芽衣は思い込むことにする。

恵君は蝶だ。

美しい翅《はね》を持ち、目が透き通っていて、腹は柔らかい。遠くから見れば美しいが、近くで見れば、やはり虫だし、それなりに不気味だ。

「はな、して」

この声だって、美しい蝶の羽ばたきと思えば、耐えられる。

自分は蝶を捕まえている蜘蛛《くも》なのだ、そう思う。

「離したら、もう話してくれなくなるでしょ……あ、どっちも『はなす』……日本語って、難しくない？」

今にも吐き戻しそうだったが、芽衣は無理矢理笑顔を作った。恵君に芽衣の表情は見えないはずだが、美しい蝶と話しているのだから、笑顔が相応《ふさわ》しいはずだ。

「私、もっとあなたと話したい。あなたのうわさ話をする人や、虫呼ばわりする人じゃなくて、あなたと、話したい。あなたは、優しい人だから」

かさかさと音を立てて、恵君は首を動かし、顔だけ芽衣の方に向けた。

芽衣は、しばらく彼女の顔に見惚《みと》れた。

どこまでも不気味で、美しいと思った。

「優しい、違うよ……」

赤ん坊の皮膚のような色の唇が震えている。

「優しいよ。私が倒れたとき、運んでくれたでしょう。それに、夜、様子を見に来てくれた」

「芽衣……」

恵君の唇が芽衣の名前を吐き出した。

「私の名前……」

「芽衣、大丈夫、逃げない」

抱き締める腕に力を込めると、恵君は目を細める。芽衣の腕に、恵君が指を這わせている。

「分かった、逃げない、大丈夫……」

恵君は二、三回、芽衣の腕にそっと円を描いた。

吐き気と共に、何か良くない――抱《いだ》くべきではない何かが湧いて出てくるようで、芽衣は慌てて腕を解いた。

「ごめん、痛かった？」

「痛くない、でも、ドキドキ、だね」

恵君は整った顔を少し崩して笑った。笑い慣れていないことが分かる、不器用な笑顔だ。

彼女の笑い声は、本当に不快なのだ。芽衣の腕には、いくつも鳥肌が立っている。

しかし、目が離せない。声を聞いていたいと思う。

観念しよう、と芽衣は思う。

本当に彼女は虫なのだ。

クラスメイトも、詠晴も、間違ったことは言っていない。意地悪で言っているのではない。

彼女を見ていると、どうしても、生理的に――そう、生理的、としか言いようがない。生理的嫌悪感を覚えて、具合が悪くなってしまう。

でも、それと同時に、魂が揺さぶられる。彼女とずっと一緒にいたいと思う。

これは彼女が人間ではないことの証《あかし》なのかもしれない。

芽衣は、虫が好きではない。見た目が不快だと思うし、虫という言葉に良い印象はない。だから、この学校の生徒たちが虫と呼ぶのを嫌がらせだと思ったし、イジメをやめろと言ってしまった。

でも、本当に虫だ。より正確に表現すれば、虫という名前の種族、という感じかもしれない。非科学的な話だが、芽衣は本能的にそう理解している。

恵君は明らかに、人間ではない。

人間より圧倒的に素晴らしい存在だ——そんなふうに芽衣は思った。

「これ」

恵君が手にスプレー缶を握っている。

「あっ、こんなの、必要ないよね」

殺虫剤という文字すら彼女に見せたくなくて、芽衣はスプレー缶を彼女の手から奪おうとする。しかし、恵君はしっかりと握って離さなかった。

「それ、嫌でしょ」

恵君はそれには返事をせず、いきなりスプレーを散布した。

喉が詰まるような独特の臭いがして、芽衣は顔を顰《しか》める。しかしそれは一瞬のことだった。全身を覆っていた不快感が薄まる。深呼吸をすると、頭がすっきりとした。

恵君、と声をかけようとして、ぎょっとする。

ううう、という呻《うめ》き声と共に恵君が床に突っ伏して、少し震えている。

「恵君！」

芽衣は咄嗟《とっさ》に窓に手をかけた。そうすれば、少しでも恵君が楽になると思ったからだ。

「だめ」

柔らかい手が、芽衣の手を弱々しく制止する。

「芽衣、私といると、具合が悪いでしょう。これ、少しはましになる、と思う」

そんなことはない、とは言えなかった。恵君が側にいると、経験したこともない不快感で眩暈《めまい》さえする。

「でも、そしたら、恵君が」

「大丈夫」

恵君は微笑んで見せる。口角が引き攣《つ》っていて、誰が見ても無理をしているのだと分かる。

「私、丈夫。芽衣より、ずっと」

確かに抱き締めたとき、ほっそりとした体に、脂肪とは違う、何かがずしりと詰まっているのを感じた。筋肉とも、少し違うような気がするのだが。

「でも……でもさ……」

「大丈夫、それより、私、芽衣と話したい」

恵君のしっとりとした指先が芽衣の手の甲に触れた。ベッドで寝ていた時、触れられた手と同じ感触だった。頬を触れられたことを思い出し、芽衣の心臓は早鐘を打った。

「話……」

「うん。何が好き？」

「それは、食べ物？」

「食べ物でも、いいよ」

「えっと、ミートソーススパゲティが一番好き、かな」

恵君は不思議そうな顔をしている。台湾では別の名前なのか、あるいは、ミートソーススパゲティ自体を知らないのか。

「えっと、ひき肉を使ったソースがかかってる、麵《めん》なんだけど……」

「肉……私は、肉なら、豚が好き」

恵君は大口を開けて肉にかぶりつくようなポーズをして、いたずらっぽく笑う。小さな白い歯と赤い舌が官能的で、悍ましくて、芽衣は不自然に思われないよう、さりげなく目線を外した。

恵君がいつもいる部屋は、誰も使っていない、物置のような場所なのだという。

「隣の教室から、日本語聞こえる、いつも」

確かに、台北市立中央女子高級中学には、志願者向けに日本語のクラスがあるという話は日本にいるときに説明会で聞いた。

「だから日本語が上手いんだね」

芽衣はそう言ったものの、納得できたわけではない。門前の小僧習わぬ経を読むという言葉もあるが、自分がもし恵君と同じ立場で、ずっと外国語の授業を聞き流していたとしても、喋れるようになる気はしない。言語の上達には、実践が不可欠だと思うのだ。もしかして、恵君はそんなことが必要ない、ごく一部の天才なのかもしれないが。

芽衣は純粋に、恵君を尊敬した。

ただでさえ、見た目が夢のように美しいのだ。芽衣は熱に浮かされたように、沢山沢山話した。

脳が酸欠でぼうっとして、一旦会話が途切れる。

恵君は無口なわけでも、お喋りなわけでもない。芽衣が心地いいリズムが分かっているかのようだ。だから芽衣が黙ると、恵君も黙る。恵君は大きな丸い目を細めて、芽衣のことを見ている。

ベッドサイドに置いてある水を飲みながら、芽衣はふと、思いついた疑問を投げかける。

「そういえば、恵君って、外に出られるの？」

「外……」

恵君はぼうっとした表情で鸚鵡《おうむ》返しをする。

「話を聞いてると……ずっと、学校の中にいるみたいだから」

しばらく話して気付いたことがある。恵君の話は退屈なわけではない。しかし、読んだ本の内容だとか、校舎や寮の中、そこにいる生徒の話ばかりで、学校の外の話は一つもない。

恵君は首をぐるりと回す。人間の首の可動域を超えた動きで、眩暈のするような不気味さだった。

「外、出ても、良くない」

「良くないことないでしょ」

芽衣がそう言うと、恵君はまた、困ったように微笑む。

「私、外出る、皆困るよ」

「困らないよ。出てみようよ。私、仲良い子ができたら、夜市に行ってみたかった。焼き小籠包《ショーロンポー》とか、マンゴーかき氷とか食べるの。私、恵君と行きたいな……嫌なこと言ってくる人いても、私が、言い返すからさ」

「芽衣、私、食べ物、違うから」

「嫌い、って意味……？　もし嫌いだったら、恵君の好きなもの」

「そうじゃない、分かるでしょ」

心臓が跳ねる。芽衣は必死に、恵君を外に連れ出したい、普通の女の子のように二人で遊びたい一心で言葉を紡いでいる。その必死さが急に恥ずかしいもののように思えた。誰が見ても、どう考えても、恵君が普通であることはあり得ないのだから。

「私、虫だから、食べ物、違うの」

「そんなこと……」

「芽衣」

恵君は恐ろしいほど静かな、ほとんど囁《ささや》くような声で言う。

「私の食べ物、知りたい？」

恵君の声が楽しそうに震えている。

殺虫剤の効力はとっくに切れていたのかもしれない。

背中を蚯蚓《みみず》が這い廻るような不快感で鳥肌が立つ。

恵君がこちらを見ている。視界が涙でぼやける。

そんなもの、知りたいわけはない。それどころか、今すぐに彼女から離れるのが正解だと分かっている。

しかし、芽衣は、頷いていた。

恵君の顔から表情が消える。

ただ、顔が近付いてくる。全く人間的な感情を宿していない、小さな顔が、じわじわと近付いてくる。

身動きが取れない。

頬に産毛が当たる。皮膚の上を節足動物が動き回っている。

目の前にある、蚯蚓色の唇が縦に大きく開いた。

叫び声を上げる前に、下唇に鋭い痛みが走った。

喰《く》われた、と理解したときには、もう恵君の顔は遠ざかっていた。

熱い。

唇が脈打っている。

この熱さは血液だ。血液が流れ落ちている。

声も出ない。

芽衣は呆然《ぼうぜん》と、恵君の顔を眺めた。

「芽衣」

恵君はもう、虫のような顔はしていない。いや、全身から迸《ほとばし》る、言いようのない気味の悪さは間違いなくそうだけれど、表情は柔らかい。少し哀しい、こちらを憐《あわ》れむような顔。

「芽衣、一緒に食べるのは、無理なの」

分かるでしょ、と唇の形だけで言って、また恵君は去って行こうとする。

芽衣の腕は自然に伸びて、恵君の細い手首を摑んでいた。恵君といると、意志に反した行動をとってしまう。いや、そうではないかもしれない。芽衣は自分の中に、絶対にやってはいけないことこそ、どうしてもやりたいという感情が強くあるのを思い知った。

やってはいけないことをやると、気持ちがいい。

手首を摑まれた恵君はびくりと体を震わせた。

「ねえ、恵君」

芽衣は吐き気を堪えて、微笑んだ。

「これ、ファーストキスだよ」


芽衣は夢の中にいるような気分だった。

現実的なのは朝と夕方にする呉《ウー》先生への挨拶と授業時間だけで、後はずっと、夢のような気分だ。

空き教室に、黄からもらった殺虫剤を散布する。そうすれば、苦しそうな声を出して恵君が顔を出す。苦痛に歪む声さえもぞくりとするような魅力があって、もっと聞いていたかった。芽衣は殺虫剤を使い切ったらどうしようと思う。ひとりで買い物に行けるとは思えなかった。

芽衣はちっとも台湾の言葉を話せるようにならない。恵君と話すのには、必要がないからだ。覚えたことは、台湾では、大切な人のことを、下の名前では呼ばないということだ。

ある日、恵君が耳慣れない響きの名前で芽衣を呼んだ。

「寶貝《バオベイ》」

「なんて言ったの？」

芽衣が聞き返すと、何故か恵君は恥ずかしそうに俯《うつむ》いた。

もう一回言って、と言っても顔を赤くして首を横に振る。

「教えてくれないんだ……」

わざと顔を悲し気に歪ませると、恵君は慌てたように芽衣の肩に手を置いた。相変わらず、身震いするようなざらりとした感触だった。

「あの……下の名前だけで呼ぶ、少し、冷たい感じ」

「えっ、そうなの？　日本だと、下の名前で呼ぶのはむしろ仲良しって感じなんだけど……」

「ほんとは、分かんない、そういうふうに、聞いただけ」

恵君は頬の熱を確認するように、両手で数回自分の頬を叩いた。

「えっと、じゃあ……さっきの、もしかして私のあだ名？」

「そう……寶貝……」

「『芽衣』とは全然違うけど、どういう意味？」

「ベイビーと発音似てる、だから、そういう意味……」

「そうなんだ、なんか……照れるね」

そうやって、二人、少女のように——実際少女ではあるのだが、顔を赤らめて、俯く。しかし、そんな可愛らしいやり取りはすぐに終わるのだ。

すぐに、捕食の時間が始まる。

恵君はあの時から、芽衣の血を啜《すす》るようになった。

「そこばっかり吸うから、膨らんできた」

芽衣が下唇を指さしてそう言うと、恵君が血を吸う場所は、腕になり、足になり、首筋になった。

血を啜られた跡は赤く腫れる。しかし、そこまで痛くはない。それよりも、じわじわと痒《かゆ》い。痒みが、恵君のことを想起させる。

恵君は何の表情も浮かべずに、血を啜る。

美味しそうでも、不味《まず》そうでもない。唇を寄せ、舌を突き刺し、吸っている。啜る時、ほんの少し、頭が上下する。それだけだ。

自分は彼女にとって食べ物なのだ、と芽衣は思う。

それでいい。単なる食べ物が、捕食者に特別な感情を抱くわけがない、恵君もそう思うだろう。

芽衣が血を啜られているとき、どんな表情《かお》をしているのか、考えもしないだろう。

「寶貝」

声をかけられてハッとする。

恵君はもう血を啜り終わっていて、心配そうな顔でこちらを覗き込んでいた。

不気味な蚯蚓色の唇に血が滴っていて、綺麗だった。芽衣は恵君の唇をじっと見つめたまま、大丈夫だよ、と言う。それは自分に言い聞かせているようなものだった。大丈夫、大丈夫だ、まだ私は大丈夫だ。

「血だけで足りるの？」

「うーん……」

恵君は困ったように俯いた。聞かれたくないことなのかもしれない。

「ごめんね、言いたくなかったら言わなくてもいいの。でも、前言ってたでしょ、肉なら豚が好きって」

「豚の血、味が……」

恵君はそこで言葉を切って、黙り込んでしまう。顔色が、傍目《はため》に分かるほどに白くなった。あ、気持ち悪い、と芽衣は溜息《ためいき》を吐《つ》く。うす白んだ灰色の肌の質感が気持ちが悪い。でも、触ってみたい。

恵君は言ってはいけないことを言ったと思っている。どう誤魔化そうか考えているのだと分かる。

でも、芽衣にはもう——彼女の食べ物なのだから、分かり切ったことだった。

豚の血の味は、人間の血の味に似ているに違いない。

「そう。じゃあ、豚肉とか、買ってるんだね。どこで調達してるの？　食堂では見かけたことないし……外にも出られないんでしょ？」

「林詠晴」

芽衣は思わず、恵君の肩を強く摑んだ。夢から覚めたような気分だった。

「詠晴……？」

「ウン、林詠晴……食べ物、持ってきて、くれる」

詠晴の乾いた笑い声と、絵画のような無機質な笑顔を思い出す。

「詠晴とどういう関係なの」

自然と口調がきつくなった。あの女は芽衣のことを馬鹿にしている。全ての行動が馬鹿にされているみたいで気に障る。あんな女の名前が目の前の美しい少女の口から出てくるだけでも許せない。

「寶貝、怒ってる……？　あの子、嫌い？」

「真面目に答えて」

恵君がおろおろと手をさ迷わせているのが気持ちが悪い。触角が動いているみたいだ。

なぜ、「あの子」なんて呼ぶのか。

芽衣は見逃さなかった。

あの女の名前を言うとき、恵君はほんの少し、柔らかい顔をする。それは、芽衣に向ける遠慮がちな笑顔とも、血を啜っているときの感情を失った顔とも違う。

恵君は詠晴のことを特別に思っているのではないだろうか。そして、詠晴も。

そうでなければ、周りから避けられている彼女に食べ物を渡すなんてあり得ない。

赦《ゆる》せなかった。

善人ぶっている。

詠晴は、恵君のことを「虫」と呼んだのに。

「虫に関わるな」と偉そうに、華奢《きゃしゃ》な顎をくいっと上に向けて、にやにやと笑いながら言った。

「ごめんね、寶貝……」

恵君は縋《すが》るように芽衣の腕を両手で握る。

「ごめんじゃなくてっ」

芽衣はほとんど怒鳴るように言って、その手を振りほどいた。

「どういう関係なの」

「好像很高興啊《ハオシャンヘンガオシンア》」

芽衣は何者かに背中を叩かれた。いや、何者かではない。誰かは分かり切っている。

詠晴だ。

恵君に感じる生理的な嫌悪感とは違う、嫌な雰囲気。こちらを高い所から見下している。芽衣は立ち上がって、恵君を隠すように手を広げた。そんなことをしても、長身の詠晴の視界には二人とも入っているのかもしれないが。

「な、なんなの……急に、何言ってるか、分からない」

詠晴は馬鹿にしたように笑った。

「そりゃ、言葉なんて分かるようになるわけないよね。あなた、虫としか話していないんだもの」

「いい加減にして。また虫って言って……」

「いい加減にするのはあなたの方でしょう。あなたもう、完全に分かっているはずですよ」

詠晴は何もないフローリングにどかっと腰を下ろして、胡坐《あぐら》をかいた。スカートから覗く下着まで黒だった。

詠晴は上から下まで嘗《な》め回すように芽衣を見た後、

「ふうん、そんなに仲良くなったの」

おそらく、捕食の跡を確認されたのだ、と分かって、芽衣の頰は熱くなる。

「そうだよ、悪い？」

「いいえ、悪くはない。馬鹿だとは思うけど」

「馬鹿って……」

「馬鹿ですよ。あなた、虫に話しかけている人間を見て、馬鹿だとは思わないの？」

芽衣は腕を振り上げて、思い切り詠晴の頰を張った。乾いた音が空き教室に響く。

耐えられなかった。

これ以上侮辱されたくなかった。恵君への侮辱は、芽衣への侮辱と同じことだと感じた。

「好痛《ハオトン》……」

詠晴は打たれた頰に長い指を這わせ、なんでもない様子で呟いた。切れ長の目には涙も浮かんでいない。

芽衣はそれを見て、ますます腹を立てる。

「なんでそんな、あんたに他人を見下す権利があるのよ」

「他人じゃなくて他虫なんじゃないかしら」

もう一度叩いてやろうと腕を振り上げると、今度は手首を摑まれて止められてしまう。

振り払おうとしても、握る力が強くて不可能だった。

「私はあなたに用はないの。虫が虫みたいなことをしているから、気持ちが悪くて、許せないだけ」

そう言うや否や、詠晴は何かボトルのようなものを取り出して、止める間もなく撒《ま》いた。

ひどく甘い、花の匂いがした。

「啊《ア》!」

鼓膜を破るような声だった。

恵君が床をのたうち回っている。

黄から貰った殺虫剤を散布したときとは比較にならない。

恵君は大声で喚《わめ》きながら、体を捩《よじ》り、右へ行ったり、左へ行ったりする。

背中に手でも添えてやるとか、花の匂いを嗅がないように布を鼻に当ててやるとかすればよかったのかもしれない。それが、正しい対応だと思う。

しかし、そんな気にはならない。

死にかけのセミだ。あるいは、もっと気持ち悪い害虫だ。

害虫が、薬をかけられて苦しんでいる姿を見て、助けてやろうと思う人間がいるだろうか。ただただ、不気味で、気持ちが悪くて、早く死んでほしいと思う。それが人間としての当たり前の感情だ。

芽衣は打って変わって冷え冷えとした気持ちで、悶《もだ》え苦しみ、鼻と口から体液を流して呻く恵君を見ていた。

「ああ、やっぱり、可哀想《かわいそう》とか思えないでしょう？　虫は虫なの。人とは違う。これはあなたや私が嗅いでもスゴク甘い匂いだなと思うだけ。でも虫は違う。これくらいで死ぬことはないけれど、たまには分からせてあげないと」

「そんなことない」

譫言《うわごと》のような言葉が芽衣の口から漏れる。何の感情も籠っていないのは分かっている。心にもないことを言っている。しかし、心のどこかで——良心というものだろうか——それが、否定しなくてはいけないと囁いている。

「可哀想、やめてあげてよ」

言葉が乾いている。分かっていても、芽衣にはこれ以上感情を込めることができない。

「これは警告ですよ」

詠晴の口元には笑みが残っていなかった。冷たい表情で、苦しむ恵君を観察しながら言う。

「虫、人間になりたいんじゃないの？　何してるの？　あなたのやってることってまるっきり、虫じゃない。この子何も知らない日本人だよ。この子を利用してる自覚ある？　ないよね？　所詮虫だもんね。でも人間になりたいんだよね？　だったら調子に乗るな。お前がそれを続けている限りずっと虫だよ。この子だって。そうなったら私……分かるよね。そんなことしたくないの」

口を挟むところがなかった。

言いたいことは全く分からない。きっと、恵君には理解できるのだろう。でも、日本語で話しているということは、芽衣に聞かせようと思って話している。

詠晴の口調は淡々としていて、冷たくて、しかし真剣だった。おちょくったり揶揄《からか》う様子はない。恵君を虫と呼びながら、彼女のことを慮《おもんぱか》っているのが分かる。

「あのさ……」

「ねえ、分かってる？　餌付けだよ」

「餌付けって……」

「人間の肉の味を覚えた動物は人間を狙うようになる」

詠晴は芽衣と目を合わせない。恵君から視線を外さない。

「でも、恵君は」

「悪いことが起こる」

有無を言わさない口調で詠晴は言った。

そして、突然芽衣のスカートを捲《めく》り上げた。

「ちょっと、何すんの」

露《あらわ》になった太腿《ふともも》に、赤く、丸い跡がある。昨晩、恵君が捕食した跡だ。

詠晴は長い指で跡を丸くなぞる。

「このままだと悪いことが起こる。仲良くするのは馬鹿だと思うけど、構わない。でも、これはやめなさい」

心臓がどくどくと鳴っている。口から飛び出してしまいそうだ。唇が震えて、寒くもないのに体の芯が冷えて、何も言えなかった。

詠晴はじゃあ、と短く言って、教室を出て行く。

恵君は床に転がったままだった。ぴくりとも動かず、遠くを見ている。

詠晴の撒いた何かのせいか、恵君と一緒にいると襲ってくる体の不調はない。しかし、何も言わず、動きもしない恵君は百足の死骸のようだった。

はだけたままになっているスカートを直そうとして、自分の太腿が目に入る。

途端に、胃の中のものがせりあがってきて、芽衣は吐いていた。あれだけ堪えていたのに、自分の肌に目の前の虫に食われた跡があるということが耐えられなかった。

嘔吐物を見ながら芽衣は、大丈夫大丈夫、と繰り返した。大丈夫だ、まだ吐くくらいの理性がある、だから大丈夫だ、と。

詠晴の「忠告」から一週間が経《た》った。

相変わらず芽衣は皆から孤立している。

「忠告」のせいで、「皆が居なくても恵君がいるから大丈夫」とも思えなくなっていた。

実際、あの日から、捕食されていない。

どちらかが「やめよう」と言い出したわけではない。それでもだ。

詠晴が何かを撒き、恵君が悶え苦しんだ姿。それを見た時の、ぞっとするほど冷え切った自分の感情。芽衣はそれを思い出して、自分のことが嫌になった。

恵君のことは好きだ。魅力的だと思う。ふわふわした黒髪の間に手を入れて梳《す》きたい。湿ったような質感の肌に触れたい。虫の羽音のような可愛らしい声とともに吐き出される息の温かさを感じたい。そう思う。だから寮の部屋で、下着姿のまま恵君と抱き合ったりする。

でもそれだけだ。捕食はしない。

「寶貝」

そう呼ばれてハッとする。

「あ、なに」

「もう、行く時間」

時計を確認すると、後三十分ほどで授業が始まることに気が付く。

「本当だ、行かなきゃ……」

立ち上がろうとすると、恵君が小さく溜息を吐いた。

「恵君、どうしたの」

「まだ、来たばかり、だから、寂しいな」

「それは恵君が遅かったからでしょう」

恵君はいつもべったりと芽衣と一緒にいるわけではない。芽衣が授業の時もそうだし、それ以外の時もふらりとどこかに行っている。学校内にはいるのだろうが――どこにいて、何をしているのか、気にならないと言ったら嘘になる。

結局、詠晴との関係だって聞けなかった。詠晴が、恵君のことを馬鹿にしているだけではないと分かってしまったから、猶更《なおさら》だ。きっと、こちらに来て間もない、すぐに帰って行くだけの自分には踏み込めないことなのだと、想像ができる。そんなことは直接聞きたくない。

「そうだね……」

恵君は寂しそうに俯いた。髪の陰から覗く丸みのある頬が卵みたいで愛《いと》おしい。同時に、虫の卵は気持ちが悪いと思う。

「あのさあ、今日、一緒に学校に行かない？」

恵君が気を遣っているのかどうかは分からないが、同じ部屋にいるのに、芽衣は彼女と一緒に登校したことはない。あの教室にいるのだから、どこかのタイミングで登校しているはずなのだが。

「それは……」

「ねえ、いいでしょ。一緒にいられる時間、少なかったし」

恵君は全く気が進まないようだったが、しつこく食い下がると、ゆっくりと頷いた。

首が細くて可愛いと思う。芽衣はやはり、恵君のことは好きだと思った。

「皆に見られたらうるさいから、ぎりぎりに行こう」

寮の同じ階に住む女子たちが出て行ったのを耳で確認してから、芽衣は恵君と手を繫《つな》いで部屋から出た。指先から伝わる不快な質感も、何故か強くなった気分にさせてくれる。

階段を降りようとしたときだった。

ドタドタと足音がして、作業着の男が近付いてくる。

浅黒い肌。黄だ。

黄は恵君を視界に入れるなり、驚いたように足を止める。しかしそれは一瞬のことで、すぐに声を出した。

「メイ、最好《ズイハオ》不要去《ブヤオチー》！」

顔の前に大きくバッテンを作っているが、当然、何を言っているか分からない。

恵君の方に顔を向けると、

「行っちゃだめ、言ってる……」

黄は何か捲《まく》し立てている。焦っている様子は分かるが、とにかく大声で、翻訳してくれる恵君の声が聞こえない。

何が何だか分からず戸惑っている間に、また階段を駆け上がってくる足音が聞こえる。今度は複数だ。

皆、ここの学校の生徒だった。おそらく、全員が寮生だ。顔も見たことがある。

ややふっくらとした体型の女子が、芽衣の手首を摑んだ。

やめて、と言う間もなく、芽衣は強い力で、階段を降りると言うより、引き摺りおろされるような格好になる。

恵君と手が離れた。

「恵君！」

叫んでも、生徒たちの怒号で掻き消される。

転びそうになりながらエントランスに着き、寮の外に引き摺り出され、寮の裏にある菜園に通じる路地に連れ込まれる。

そこにいたのは、芽衣を当初仲間に入れようとしてくれた四人組だった。

一人しゃがんでいる米雪の周りを他の三人がうろうろと歩き回っている。

ドン、と後ろから突き飛ばされる。芽衣は地面に倒れ込んだ。柔らかい素材で舗装されているから痛くはない。しかし、大勢の怒号に、迸るような悪意を感じる。芽衣は恐怖と混乱で、これが夢だったらいいのに、と強く望んだ。

「これ、見てよ」

静かな声だった。米雪が発している。長いカールした髪が、地面についていて、表情は見えない。

「これ、って……」

突然、米雪がぐるりと首を回した。

「これ」

何かを抱えている。それが何か。

脳が像を結ぶ前に、芽衣は顔を伏せた。

最も見たくないものだ。二度と、見たくないもの。

「これ見てよ」

臭くはない。距離があるからだ。しかし、どんな臭いかは分かる。

「ねえ、見て」

腸が飛び出している。赤い血に染まった毛皮の中で、腸のピンク色は鮮やかだ。

「見なさい」

誰かに芽衣の髪が摑まれ、強制的に顔を上げさせられる。

「見ろ」

猫の——糖糖《タンタン》の死体。

ずたぼろで、ぐちゃぐちゃで、汚くて、臭い。

「虫のせい」

虫、という言葉の響きが冷たい。

「あなたが、虫を甘やかしたせい。虫は、殺した」

「そんな……」

肉なら、豚が好き。

その言葉が蘇る。

芽衣の体に舌を突き刺して、血を啜っていた時の顔も。

「私、伝えた。でもあなた、無視した。だからこうなった。虫が、糖糖、殺した」

違う、と即座に否定できなかった。昨日の夜、恵君はおらず、明け方近くになってふらっと帰ってきた。

背後からキャア、という悲鳴が聞こえる。

振り向くと、人だかりが割れて、そこを猛然と恵君が走っている。

「寶貝！」

気持ち悪い、と感じてしまった。恵君は芽衣を助けに来たのだ。

しかし、黒い虫がこちらにまっすぐ飛んできたとして、嬉しい人間などいるのだろうか。

芽衣は恵君が伸ばしてきた手を取らなかった。

もう目の前にいる恵君の顔色が絶望に染まった。それすらも芽衣には、人間の外側だけ真似《まね》ている不気味な外骨格に見えた。

恵君のあまりの気味の悪さに集まっていた女子たちはほぼ全員が距離を取っていた。しかし、一人だけ、米雪だけが、糖糖の死体を抱いたまま、まっすぐに立っている。

「去死吧《チースーバ》」

米雪がぼそりと呟いた。二つの目は血走って、恵君を睨みつけている。

「去死吧！　去死吧！　臭蟲《チョウチョン》！　怪物《グァイウー》！　該死的《ガイシダ》臭蟲《チョウチョン》！」

芽衣には何を言っているか分からない。それでも、取り返しのつかないほど、ひどく残酷な言葉を、恵君があびせかけられているのだけは分かる。

「やめて」

芽衣の声は彼女には届かない。

米雪はそっと地面に猫を置いた。全身を震わせながら、手を伸ばす。

その手が恵君の首にかかろうとしたとき、

「你在做什麼呢《ニーザイズォシャンマンナ》？」

凛《りん》とした声は詠晴のものだった。

詠晴は米雪の前にさっと立ちふさがって、もう一度同じ言葉を繰り返した。

米雪はほとんど怒鳴るような声で詠晴に捲し立てている。きっと、こう言っている。

「恵君が猫を殺した犯人だ」と。

詠晴には、敵意がある。恵君を虫だ虫だと侮蔑して、自分より劣ったものとして扱っている。

暴力だって振るっていた。

だから米雪のことを信じるに決まっている。なんの証拠もないのに。

「ちがうよ」

言葉も分からないのに芽衣は、

「ちがうよっ、恵君がやったんじゃないよっ」

詠晴の背後から、縋るように言葉を投げる。自分の願望かもしれなかった。

「証拠がない、恵君は猫なんてどうもしない、だって、だって、私の」

「そんなことは分かっている」

詠晴がぴしゃりと言った。

「恵君、私といたから……だから……」

「ああ、もう、囉嗦《ルオスオ》！　そんなこと分かってるって！」

驚いて詠晴の顔を見る。彼女が感情的に怒鳴るのは初めてだった。詠晴は目を剝《む》いて言う。

「分かってる！　あれが猫なんて殺さないことくらい。そもそも、あれはっ」

「もう、いい」

恐ろしく低い声が、米雪の口から出ている。

詠晴さえ、一瞬怯んだように米雪を見つめた。

その一瞬で、米雪は腕を伸ばして、掌《てのひら》を芽衣の頰につけた。

どろりとした感触が肌を汚した。

「あなたも、死んだらいい」

詠晴が体を使って、米雪を芽衣から引き剝がす。

それでも米雪は、芽衣に手を伸ばしている。口から唾を飛ばして、髪を振り乱して叫んでいる。

「気持ち悪い、虫と、仲良く死んだらいいっ」

拙い日本語だからこそ、明確な憎悪が込められているのが分かった。

詠晴は振り返ると、米雪の腕を押さえながら、「早く行って」と口を動かした。

「去死吧……去死吧」

呪詛《じゅそ》を背後に受けながら、芽衣は恵君を抱えるようにして、部屋に戻った。


目が覚めた。

猛烈に気持ちが悪い。胃から内容物がせりあがってくる気さえする。

視界が揺さぶられるような不快感は、思考を鈍らせる。

「恵君」

口から、名前が零れる。それだけで体が熱くなり、早く捕食されたいと思う。柔らかい皮膚に唇を当てて、舌を突き刺して、飲み干してほしいと思う。

おかしくなっている。

芽衣の頭の中で母親の声が聞こえたような気がした。

おかしくなっている。

そんなことはどうでもいい。

どうでもよくない。おかしくなっている。

そんなことは知らない。

頭の中で、色々な声が響く。

そういえば、どうしてここに寝転がっているのか、記憶がない。

芽衣は勢いよく上体を起こした。

喉元まで嘔吐物が上がってきた気がしたが、唾を呑《の》み込んで堪える。そんなことに気を遣っている場合ではない。

芽衣は靄《もや》のかかったような脳を必死に働かせる。

管理人の猫が死んだ。

米雪はそれを恵君の仕業だと決めつけた。

詠晴は否定した。米雪が恵君を罵倒し、暴力を振るおうとしているところを抑えた。

恵君と二人で寮まで戻るということになった。

それから。

どうしてもそこが思い出せない。

部屋に入った記憶がない。

不快感が消えない。

「恵君、恵貝《フェンベイ》」

二人だけの、親密な間柄で使うあだ名で芽衣は呼びかけた。

扉の前にいるのだから、入ってきてほしい。

昆虫の複眼で見つめてほしい。できれば、血を啜ってほしい。そうしたら、全て忘れられる。

恵君への猜疑心《さいぎしん》など、全て。

しかし、声を数回かけても、恵君が入ってくる様子はない。

確実に、そこにいるのに。

芽衣はふらふらと立ち上がった。不快で堪《たま》らない。恵君の美しい顔が見られないなら、血を啜ってもらえないなら、この気分の悪さは不快感でしかない。

「早く入ってきて」

苛立《いらだ》ちながらそう言って、扉を開ける。

「ヒッ」

喉から情けない悲鳴が漏れた。

猫の死体よ。

母の声が脳内から響く。

あれは、猫の死体よ。

小さい虫が飛んでいる。何匹も、何匹も。

部屋の前に血が撒かれている。そこに虫が集《たか》っているのだ。鉄臭い。

視界の端を、赤黒いものが通り過ぎる。

芽衣の足は自然と動いていた。

廊下を走り抜け、階段を降り、寮のエントランスに辿《たど》り着く。真っ暗で、まだ血だまりがある。

ガラス扉の向こうに、人の姿が見えた。

それは、長くて黒い髪を振り乱して、両足を開いて立っている。

目がぎょろりとこちらを見た。

芽衣はもう、その名前を呼ばなかった。

「本当だったんだ」

唇から、いくつもいくつも赤い線が伸びている。

「何も間違ってなかったんだ」

芽衣はガラス扉を突き破るほどの勢いで顔を押し付けた。

「お前は虫だ」

扉の向こうの虫にもきちんと分かるように、顎を大きく動かして、一言一言、ゆっくりと伝える。

「お前が、殺したんだ」

それは何も言わない。ただ、ずっと虫の羽音が耳を擦る。

第二章　悪い虫がつく

「二度と、近寄るな、虫」

これが芽衣《めい》が最後に恵君《フェンジュン》に言った言葉だ。

もう覆ることはない。

この先ずっと付き纏《まと》い、苦しめる、芽衣の後悔だ。

「芽衣さん、ちょっと来なさい、あなたね」

誰も芽衣を寶貝《バオベイ》なんて呼ばない。

まだ四月だというのに猛烈に暑い。岐阜県はいつも暑い気がする。嫁いでからずっと、この酷暑に悩まされ続けている。岐阜県の暑さは台湾と違ってただただ不快だ。空気がじめっとして、重くて、太陽が容赦なく肌を焼く。

自分の手元を見る。昔は、色だけは白いと言われていた。色が白くて、羨ましいと。

「芽衣さん、聞いてるの？」

今の芽衣の肌はくすんだ茶色をしている。日焼け止めを塗ったところで汗で流れ落ちていく。ぽたり、と一滴汗が畳に落ちた。

芽衣は頭を畳に擦《こす》り付けた。

「ごめんなさい」

そう言うと、義母の聡子《さとこ》は「何も土下座なんてしなくたって」と戸惑った声を上げる。馬鹿だ。芽衣はただ、ひんやりとした畳で、蒸れた頭を冷やしているだけなのに。

「とにかく、分かりましたね！　きちんと病院へ行きなさい」

義母は立ち去っていく。藍色のロングスカートが視界から消えた。

誰も芽衣を愛さない。夫でさえも。ただ、地銀の仕事が忙しいのだと言い訳して、ほとんど家に帰って来ない男。男だけれど、夫のことならば、愛せると思った。愛せるし愛し合えると。夫はぎらぎらした目で芽衣を見なかった。しかし結婚してから、それは単に自分に興味がないからだと分かった。馬鹿だった。自分の愚かさに、芽衣はひどく苦しんだ。

「寶貝」

恵君の声が聴きたい、と思った。虫の足が肌を這《は》い廻《まわ》るような声。

「寶貝」

何度言っても、芽衣の口からは芽衣の声しか出てこない。

助けてほしい、と思っている。

このどうしようもない、田舎の家から出て行きたい。どこかへ連れ出してほしい。

芽衣はのろのろと立ち上がった。

それを見計らったかのように、ばたばたと足音がして、出て行ったはずの義母が戻ってくる。

「ちょっと、まだそこにいたの」

「すみません……」

「だから、すぐに謝らないでちょうだい。私が意地悪しているみたいじゃないの。まあ、そんなことはあなたに言っても無駄ですね。そんなことより、これ、届いてた」

義母が差し出してきたのは、白地の封筒だった。

丁寧にシーリングスタンプで閉じてある。

「やっぱりあなた、贅沢《ぜいたく》させてもらって来たのね」

「え？」

「改めて思っただけよ。高校の時に留学させてもらって、そんな人、一体世界に何人いるのかしらね。そんなお嬢様が、こんな田舎に嫁いできてくださってありがとうございます」

ひどく厭味《いやみ》っぽい言い回し。芽衣は彼女の顔を見ることができない。こんな言い方をする人が、一体どんな顔をしているのか、想像するだけでも恐ろしい。

台湾に留学したのは学校のプログラムであって、両親がさせてくれたわけではない。生活に不自由したことはないけれど、裕福というわけではない。大体、義母だってそんなことは良く知っているはずだ。言いたいことが頭の中に溢《あふ》れる。

「いえ……そんな……」

白い封筒に台湾の住所が書いてあるのが見えた。芽衣が何も言わないうちに、義母はまた大きな足音を立てて部屋を出て行ってしまった。

誰だろう。

台湾に行っていたとき芽衣はほとんど恵君としか話さなかった。それと、詠晴《ヨンチン》。詠晴には日本に帰ってすぐのとき、学校を通じてお礼の手紙を出したきりだ。

最近指がかさつく。封筒がするりと落ちてしまいそうだ。

テーブルの上に封筒を置いてみる。

印刷したような整った字。

林《リン》詠晴。

芽衣は驚いて、スタンプ部分に指をかけ、開くというより破った。

中には一枚だけ、二つ折りにした白い紙が入っている。

潤いのない指で、紙をめくる。

ほとんどが空白で、それだけに、その五文字はすぐに読めた。

『気を付けて』


金色の円形が行ったり来たりする。

芽衣はそれに合わせて、目を左右に動かす。

初めてこの柱時計を見たときは、童話みたいで素敵、と思った。

今では不景気な音を鳴らすただの柱だ。なんでカチカチとか、ボーンとか、暗い気持ちになる音しか鳴らさないのだろう。

壊れればいいのに。

全て、壊れればいいのにと思う。

「ちょっと」

背後から義母の声が聞こえた。寶貝どころか、名前だってあまり呼ばれない。「ねえ」「ちょっと」大体はそんなふうだ。

「はい」

立ち上がると少し眩暈《めまい》がした。酸欠かもしれない。だって、この家はどこも黴《かび》と線香の臭いがして、息を深く吸いたくないのだ。

「昨日は随分静かだったけれど」

何を言われているのかはすぐに分かる。

義母と暮らすようになってすぐのときは、分からなかった。説明されて、分かった瞬間に、怒りと羞恥心で頬が熱くなり、涙が出て来た。何度も反芻《はんすう》して、眠れなかった。でもそんな感覚はもう、二度と湧いてくることはないと思う。

「ええ、昨日はお疲れだったみたいで、正治《まさはる》さん、すぐに眠ってしまったから」

義母ははあ、と大きく溜息《ためいき》を吐《つ》く。

「普通、普通よ？　男の人っていうのは、癒しを求めて帰ってくるものだわ。それを、疲れたから寝てしまいましたって、ねえ……」

義母は舐《な》めるように、上から下まで芽衣を眺めた。

「あなた、きちんと食べてる？」

「はい……お義母《かあ》さんと、同じものを」

「じゃあ、どうしてそんな鶏《とり》ガラみたいなのかしらね」

「昔から、あまり、太れなくて」

嘘《うそ》だ。

食べたら食べたぶん、太る。一時期、部活の合間に一食分食べていたら、十キロも太って、戻すのにとても苦労した。

今芽衣がこんな体型なのは、吐いているからだ。

この家で口にするものが受け入れられないから。

芽衣は肉が好きだった。ミートソースみたいな濃い味付けの洋食が好きだった。あの頃と好みは変わっていない。

この家で出てくるのは味噌汁《みそしる》と白米が基本で、あとは魚を焼くか煮るか、そのくらいの変化しかない。肉が食卓に上るのは一ヵ月でも数えるほどかもしれない。

芽衣はこの家で使われている、かつお出汁《だし》をどうしても受け付けなかった。何を食べても、その味がする。次第に、出汁など関係ない白米からも臭うような気がしてくる。

義母と夫の前ではなんとか顔に出さずに食べきることはできても、その後、猛烈な吐き気に襲われる。

「あなた、トイレも長いしねえ」

嘔吐《おうと》していることには気付かれていないらしい。芽衣はほんの少しだけ、安心する。

「やっぱり、病院に行きなさい。どこか、悪いんだと思うわ」

芽衣は曖昧に頷《うなず》く。

行くつもりはない。

この辺りの人間は、全員が顔見知りで、悪気なく、なんでも情報を共有する。

どこかで誰かが病気をすると、一週間もしないうちに誰もがそれを知っている。

悪気はない、では済まされない。医療従事者と、患者本人しか知りえない情報を、何の関係もない近隣住民が知っている。守秘義務など、好奇心の前には吹き飛んでしまうのだろうか。

義母に無理矢理連れて行かれることはもうないだろう。

以前、そうされたとき、二軒隣に住んでいる女性にそれを見られ、

「あなた、お嫁さんイビったら、逃げられちゃうわよ」

と言われたことを、とても気にしているようだ。

そんなことを気にする繊細さがあるのなら、もっと他のことにも気を配ってほしい。芽衣が、もう二度と話しかけてほしくないことくらい、気が付いてほしい。

結局こうして、子供ができないことを、責められ続けている。直接言葉に出して言われるわけではなくても、そう感じる。

義母が言いたいことを散々言い切って、部屋から出て行ったあと、芽衣は座り込む。

何もする気にならない。手や目や、とにかく体の部品を使うことは何も。

ただずっと、頭の中で、過去の出来事が再生され続ける。それが、目を瞑《つぶ》ると、瞼《まぶた》の裏に映画のように流れる。

初めて夫とセックスしたのは、五回目のデートの夜だった。

お見合いで顔を合わせた時から、感じのいい、穏やかな男だと思った。芽衣の話すことを笑顔で聞き、ミートソーススパゲティが好きだと言ったら、横浜の洋食屋に連れて行ってくれた。嬉《うれ》しかった。

彼の家の、セミダブルのベッドで服を脱ぎ、裸になって、それがとても苦痛だった。股を開き、挿入され、嫌で堪《たま》らなくて、涙が零《こぼ》れた。

「痛かった？」

彼はそう気遣ってくれた。芽衣が処女だったのだと勘違いしてくれて、優しい、労《いたわ》りの言葉をかけてくれた。辛《つら》かったらもうしなくていい、と。

それが嬉しかった。だから結婚しても、大切にされる幸福感で、自分を塗り潰してしまえると思った。

今もやっていることは変わらない。

挿入され、腰を押し付けられ、芽衣は苦痛で涙を流す。

違うのは、夫の態度だ。

もうとっくに気付かれてしまっている。

苦痛は苦痛でも、体の問題ではない。心の問題だ。

男に抱かれるのが、嫌で堪らない。男と唾液を交換するのも、なんらかの体液が肌に触れるのも、もっと前の段階で――肌の温度が分かることすら嫌なのだ。

最初の頃はできていた、好きなものの話で心を繋《つな》ぐことすらできない。もう話したいことなんてなくなってしまった。一番大切なことは話せない。

そのうち、本当に、習慣になってしまった。

週に一回、肌を合わせるという習慣だ。そこになんの情緒もない。

友人よりも遠い関係になってしまったのに、文句ひとつ言わない夫は優しい男だ、と芽衣は思う。それだけで十分のはずだ。

「幸せだなあ」

芽衣は左の薬指に嵌《はま》っている銀色の輪に向けて呟《つぶや》く。

「幸せだ、なあ」

言霊《ことだま》の力、という概念を教わったのは、確か祖母からだった。

芽衣は子供の頃、気に入らないことがあると癇癪《かんしゃく》を起こし、「大嫌い、死んじゃえ！」と言っていた。祖母はそれを聞いて、悲しそうな顔で注意した。

「本当に死んじゃったらどうするの？」

芽衣は動揺した。実際、あの頃は、両親が死んだらどうしようという不安で、夜も眠れなかった。

「本当に死んじゃったら悲しいでしょう？」

「死なないもん」

芽衣が口答えをすると、祖母は首を横に振った。

「芽衣ちゃん、言霊を馬鹿にしてはいけないよ」

「言霊、って何？」

「口に出す言葉の力のことだよ。泳いでいるとき、がんばれーって応援されたら、ゴールまで頑張って泳げたりするでしょう？　頑張れって言われたから、頑張れる、そういう力のことよ。だからね、死んじゃえって言ったら、本当に死んじゃうかもしれないよ」

「そんなこと」

「あるかもしれないよ。死んじゃえって言われて、悲しくて、どうしようもない気持ちになって、死んじゃうかもしれないでしょう。言葉の力は強いんだよ」

ごめんなさい、と芽衣は謝った。祖母は笑顔で分かればいいのよ、と答えた。

「でもさ、じゃあさ、もし、アイドルになりたいって言ったら、なれるの？」

「なれるかもしれないね。アイドルになりたい、って皆に言ったら、皆が応援してくれるかもしれない。応援されたら頑張る力になって、アイドルにだってなれるかもしれない」

芽衣は、アイドルになれる、と言われたことが単純に嬉しかった。

勿論《もちろん》今は、そんなものなりたくはないし、なれるとも思っていない。

それでも、そのときから、芽衣は願望は口に出すようにした。

言葉の力。今でも、どうしても、信じることはやめられない。

「幸せだなあ」

幸せ、と言えば、幸せになる気がする。

芽衣には言霊しか縋《すが》るものがなかった。

「ああ、そうだ……」

詠晴《ヨンチン》からの手紙を思い出し、芽衣はよろよろと立ち上がって、鏡台の前に移動した。この古めかしい鏡台は、義母の祖母の代から大切に使っているものらしい。嫁いだとき――いやそれからも、何度も何度も、口上を覚えてしまうくらいに、鏡台を大切にせよと言われてきた。

どうも、受け継いでいくもの、という認識が強いらしく、今は芽衣のものだ。いつもずかずかと踏み込んで来る義母も、鏡台の棚の中を引っ張り出して見ることはしなかった。

だから詠晴からの手紙は、そこに仕舞ってある。

引き出しを開けて、白い封筒を開ける。

『気を付けて』

本当に綺麗《きれい》な字だ、と思う。詠晴は台湾人なのに、ひらがなも整っている。

詠晴はこの字のとおり、すっきりとまっすぐで、優しい少女だった。

恵君《フェンジュン》と決定的なことがあってから、芽衣は詠晴と過ごしていた。

最初に仲良くしようとしてくれた四人組とは、猫殺しの件で気まずくて、話しかけられなかった。向こうだって、二度と話したくないだろう。

芽衣は恵君も失って――しかし、ただ空気のように過ごそうと思った。もう、ほんの数日しか滞在期間は残っていなかった。

放課後、誰とも会話せず、目すら合わせず歩いていると、肩を叩《たた》かれる。

呉《ウー》先生だった。

「大丈夫ですか？」

呉先生は優しく微笑《ほほえ》んでそんなことを聞いてくる。

猫殺しのことも、全て知った上で言葉をかけてくれたのだと分かる。

「先生、見かけたら、いつでも声をかけていいです。一緒にお話も、お食事もできます」

「ありがとうございます……」

芽衣はそれしか言えなかった。もしかして、日本の学校にも何か報告されているかもしれない。

「あの、詠晴、頼ってください」

「え？」

聞き返すと、呉先生は「林詠晴」と呟いた。

「林詠晴、良い子です。面倒見、良い子。きっと、ミス・メイの助けになってくれる」

「そうかも、しれませんね」

詠晴はただただ感じの悪い女だと思っていた。思い込みだった。

皆が寄ってたかって、恵君を糾弾していたときも、彼女は違った。それに、忠告だって、結局間違っていなかった。

呉先生は私のところに来てもいいからね、と言って、去って行く。

芽衣はそもそも、孤独に弱かった。だから、恵君にずぶずぶと依存して、それで――

考えれば考えるほど、自分の弱さが嫌いになった。何の覚悟もなく、忠告を無視して近付いて、恵君を信じて庇《かば》ってやることも、間違っていることをはっきりと指摘して離れることもできなかった。ひどい言葉を投げかけたのは、臆病だったからだ。

ぐるぐると、同じことを考えながら歩いていると、手を振る人影が見えた。

浅黒く焼けた肌、細身だが、筋肉質なのは剝《む》き出しの腕で分かる。この学校で唯一の男性、用務員の黄《ホアン》だった。

手を振り返して、そのまま歩いて行こうとすると、黄は芽衣に小走りで近付いてきた。

何か用があるのかと立ち止まると、黄は手に小型の機械を持っていた。

電子辞書だ。

「こんにちは」

電子辞書がきれいな女性の声を出す。

「こんにちは」

芽衣がそう返すと、黄は嬉しそうに微笑んだ。

「これ」「もらいました」「先生」

先生にもらった、ということなのか。芽衣は曖昧に頷いた。

もしかして黄は、外国人への好奇心から話しかけてきているのかもしれないが、芽衣は黄には興味がないから、世間話もしたいと思わない。

なるべく早く話を切り上げよう、そう思って、わざときょろきょろと視線を動かす。

そこで、やっと黄が左手だけに手袋をしていることに気が付く。何が滲《にじ》み出ているのか、薄汚れていて汚いから、少し目を引くかもしれない。

黄は芽衣が自分に微塵《みじん》も関心がないことなど、全く気が付いていないようだった。目線を小さなモニターに向けて、カチカチと文字を打ち込んでいる。

「殺虫剤を使いましたか？」

「あっ、うん……」

黄は親指を立てて微笑む。

「よかったですね」

「うん。謝々《シェイシェイ》……じゃあ」

「待ってください」

黄は右手で、芽衣の腕を摑《つか》んだ。手の皮膚は固く、木のようにざらざらとしている。

「ごはんを食べに行きましょう」

黄の、黒目がちな瞳が芽衣を見上げていた。奈良の鹿のようだ。妙にぞわりとした不快感があって、芽衣は強く手を振り払う。

「じゃあ！」

大声で言って、走ってその場から逃げた。良きにしろ悪《あ》しきにしろ、黄に特別な感情を向けられたくなかった。

走って走って、寮のエントランスについたとき、「ねえ」と声をかけられる。詠晴だった。

「ねえ、大丈夫？」

肩で息をする芽衣は、誰が見ても大丈夫ではなかっただろう。それでも芽衣は、

「大丈夫」

そう答えた。

きっと詠晴は本気で心配している。小馬鹿にした態度でもないし、にやにやと笑いながら辛辣なことも言わない。

「大丈夫じゃないでしょう」

詠晴の手が芽衣の腕を摑んだ。少しも不快ではない。温かさが腕から全身に廻《めぐ》るようだった。

詠晴は芽衣の呼吸が整うのを待ってから、

「色々、誤解があると思う」

「誤解……？」

「私、あなたのこと、嫌いではないよ」

「どうだか。いつも、鼻で笑われてた。それに、別に嫌われてても、当然かな。私みたいな卑怯《ひきょう》な人間、好かれる要素がないよ」

「そんなこと聞きたくない」

詠晴の長い腕が芽衣の脇を通って腰に回る。そのまま、詠晴は優しく、赤子でもあやすかのよ

うに、芽衣の背中を軽く、何度か叩いた。

「私、ミス・メイに、とても意地悪だった。ごめんなさい」

「気にしないで……」

本当に怒っていないし傷付いてもいないのに、涙が自然と湧《わ》き出てくる。詠晴の優しさが辛い。

芽衣は子供のようにしゃくりあげていた。

「ごめんなさい」

涙が止まり、落ち着くまで、詠晴は芽衣の肩を抱き、「ごめんなさい」と繰り返した。

「ねえ、私で良かったら、一緒に過ごしましょうか」

階段に腰かけた芽衣の隣に座って、詠晴はそう言った。

「え……」

「嫌だったらいいの。でもね、寂しいでしょう」

芽衣は自然と頷いていた。ずっと一人で寂しかった。結局、孤独感が原因だ。何もかも。

「寂しい」

「ですよね。だから、別に仲良しにならなくていい。一緒に過ごそうよ」

「うん……あの、あのさ……」

「なに？」

詠晴は顔を傾ける。切れ長の瞳は、優しく芽衣を見つめている。意地悪そう、嫌な女、そんなものは、芽衣が勝手に作り上げたイメージに過ぎなかったのかもしれない。

「あの子……あの子、猫とか、こ、殺すの？」

「殺すかもしれないね」

詠晴は少し寂しそうに眉根を寄せた。

「私は十分にやっていたと思うけど……分からないからね、結局、虫のことは」

芽衣が何か言う前に、詠晴はさて、と言って立ち上がる。

「週末、夜市に行く？　行きたいって言ってなかったっけ」

「あ、うん……」

「今晩は呉先生に頼んでお店に連れて行ってもらおう。美味《おい》しい所があるんだ」

芽衣は頷いた。もっと聞いても詠晴は答えてくれないと思ったし、何より、芽衣自身も、もう何も考えたくなかった。

その日から帰国するまでの数日、詠晴と芽衣は本当にずっと一緒に過ごした。

あのとき、芽衣に「死ね」と言った米雪《ミーシェ》や、そのグループの子たちとはもう関係修復は不可能だったが、他の子たちとは、詠晴を通して少し話すこともできた。

詠晴は長身で美人だから、生徒とは思えないような迫力がある。その容姿のせいで少し遠巻きにされているだけで、誰も彼も、彼女に話しかけられると嬉しそうだ。孤立しているというより、一目置かれている、というのが正しい。

「ねえ、どうしてそんなに日本語が上手なの？」

そう聞くと詠晴は「勉強したから」とそっけなく答える。芽衣は引き下がらず、

「他にも日本語が上手な人はいるけど、詠晴ってちょっとびっくりするくらい上手《うま》い。勉強して身に着けたというより、私たちと変わらない、母国語を話してるように見える」

詠晴は少し考え込むような仕草をした。その様子も、ポストカードの絵みたいで、フォトジェニックだった。

やがて詠晴は口を開いて、

「私の父はね……ええと……占い師。そう、多分、これが一番近い。占い師だった。それも、すごく当たる」

「へえ、すごいね。私も占ってもらいたい」

詠晴はふふ、と声に出して微笑む。

「芽衣が思っているようなのとは少し違うかも。とにかく、父はよく当たる占い師だから、うわさを聞きつけてやってくる外国人も多かった。その中でも、日本人のお客さんは多かった。私、物心つく前から日本語聞いてるから、そりゃ、上手いよ」

そうなんだ、と芽衣は返した。詠晴の整った横顔は、それ以上立ち入ってくるなと言っているような気がした。そもそも、詠晴は面倒見の良い生徒で、責任感から一緒に過ごしてくれているだけだ。家がどうとか、家業がどうとか、立ち入った事情を聞いても仕方がない。

芽衣は弁《わきま》えて、最大限に楽しむことにした。海外にいる間だけ続く、友人関係を。

詠晴は雑誌に載っていた飲食店にも付き合ってくれたし、ガイドブックでは見付けることのできないスポットにも連れて行ってくれた。

心の隅にはもちろん、恵君も存在している。恵君は、不気味で、優しくて、暗くて、可愛《かわい》くて、抗《あらが》いがたい魅力がある。でも、それだけだった。恵君が芽衣の孤独を解決してくれたわけではない。だから、意図的に頭の中から消した。少しの罪悪感も忘れるようにした。

その日も、芽衣は詠晴と、放課後に遊ぶ約束をしていた。

しかし、そろそろ帰国するにあたって、日本の学校に提出する報告シートを清書しなければいけない。

今までも地道にやっていたのだが、どうしても楽しいこと優先になってしまい、あまり進んでいないのだ、と芽衣は詠晴に自虐交じりに言った。私って怠け者だから、と。

「じゃあ私、手伝おうか？」

「えっ」

詠晴は初対面の姿が嘘のように、柔和に微笑んで言う。

「別にまとめるだけでしょ。私こういう、先生ウケが良さそうな文章作るの得意だよ」

詠晴は自慢げに顎をしゃくった。

嘘ではないだろう。先生ウケがどうこう以前に、詠晴は優秀な学生だった。ひょっとすると、日本語だって自分より上手かもしれない、と芽衣は思っている。

「本当に？」

「勿論。すぐだよ。今日やろう。ただ、今日は終わった後、少し先生と話さなきゃいけないの。教室で待ってて」

「感謝您的協助《助けてくれてありがとう》」

詠晴は一瞬、驚いたように目を丸くしてから、

「你中文很好啊《上手だね》」

と言った。とても嬉しそうだった。これしか話せない。今更ながら、もっと沢山勉強して、沢山彼女たちと話せばよかったと後悔した。

詠晴の負担を減らそうと、夜遅くまで報告シートを書いていたからだろうか。芽衣は居眠りをしてしまい、目が覚めると教室には誰もいなかった。

黒板の上に設置してある時計を確認すると、三十分前に授業は終わっていた。

これでは本末転倒ではないか、と少し反省して、机の上に開きっぱなしのノートを閉じようとした。そのとき、はらはらと何かが床に落ちた。

『お寝坊さん。おはよう。長くかかりそうだから、先に資料室で待ってて』

書き手から本人の容貌が想像できるような整った綺麗な字だった。

芽衣は言われたとおり資料室に向かった。

資料室は地下室にある。地下ということもあってか、狭くて息苦しい感じの空間なので、あまり利用する人はいないらしい。芽衣も、初日に案内してもらったきり、足を踏み入れていない。ただ、詠晴は、ほとんど誰も来ないからこそ集中できるのだ、と言って、よく利用しているようだった。

芽衣は階段を下り、資料室の灰色のドアを開ける。重いし、取っ手で静電気にやられるし、こ

んなところをよく利用するなんて変わっている、と思った。

入った瞬間、重い音がして、扉が閉まる。空気が抜けたような音もした。

しばらく――と言っても三分くらいしか経《た》っていなかったかもしれない。

しばらく、資料室の長い机に座った後、芽衣はうろうろと歩き回った。

金属製の本棚に、色々な本が差されている。図書室のものと比べると、本というより、バインダーが多い。芽衣は何冊か手に取ってぱらぱらとめくる。漢字が羅列されていて、読めるわけがなかった。

本棚と本棚の間を歩き回っていると、芽衣は見覚えのある表紙を見付けた。

『怪醫黑傑克』

黒と白のツートンカラーの髪の毛を持つ男性の表紙。「ブラック・ジャック」だ。

芽衣は「ブラック・ジャック」が好きだった。好きというか、人生で初めて読んだ漫画だ。一気になつかしさが押し寄せる。

台湾語でも、もしかしたら内容が分かるかもしれない。そう思って芽衣はぱらぱらとめくった。

予想どおり、分かったり、分からなかったり、だ。やはり、もう少し勉強しておけば、と芽衣は思った。

バタン。

入り口の方から扉があき、そして閉まる音が聞こえた。

芽衣は慌てて「ブラック・ジャック」を本棚に戻し、

「詠晴……？」

呼びかけても返事はない。途端に恐ろしくなる。

あれは間違いなく、扉の開閉音だった。

資料室の本棚と本棚の間隔の狭さに、なんだか心まで圧迫されるような気持ちがした。

「詠晴」

今度は少し大きい声で呼んでみる。返事はない。

「ねえ、いたずらもうやめて。私こういうの」

好きじゃないよ、と言いながら芽衣は転倒した。何が起こったか芽衣自身にも分からない。ただ、肩を摑まれて、そのまま地面に転がされた、という感触がある。

衝撃のせいで、芽衣は何も言えなかった。痛みも感じない。芽衣は肩を摑んだその人物を呆然《ぼうぜん》と見上げた。

「黄……」

発達した上半身の筋肉に、不釣り合いなほど細い首と子供のような日焼けした顔。黄で間違いない。別人かと思わされているのは、いつも浮かべている子犬のような笑みが消え去っているからだ。

黄は、芽衣の分からない言葉で、短く何かを言った。

「なにっ……」

一瞬、何をされたか分からなかった。

芽衣は言葉を発することができなくなる。言葉の代わりに、ひゅうという、情けない息のような、声のようなものが口から漏れる。

頬が熱い。目の焦点が合わない。景色がちかちかと点滅する。

何より、猛烈に痛い。

殴られたのだ、と理解して、体が拘縮する。

仰向《あおむ》けに倒されながら、両手が自然と顔の前に上がり、防御の姿勢を取る。

黄は無言のまま、芽衣の腕を強引に下げさせた。

どうして、と口に出そうとすると、黄が手を振りかぶる。芽衣は口を押さえて、何も言いません、とアピールする。

何も言いません、殴らないで下さい。声も出さないから。

黄はそれを見て、満足そうに微笑んだ。口元がぴくぴくと震えている。

固く骨ばった手が芽衣のシャツをめくりあげる。

その後のことは、覚えていたくなかった。それでもずっと、芽衣は覚えている。

一言で言えば、蹂躙《じゅうりん》された。乱暴に体内に押し入られ、流血し、痛みで叫ぶと頭を摑んで叩きつけられた。

強姦《ごうかん》は魂の殺人である。何も間違っていない。あのとき、芽衣は魂のない器として扱われ、粉々に砕かれた。

男の腰が何回目か、芽衣に押し当てられたとき、ギイ、と音がした。重いものが床を滑っているような音だ。

黄は動きを止め、下半身を露出したまま、音のする方に顔を向けた。手首の拘束は解かれなかった。もう抵抗する気など、少しも残っていなかったというのに。

ギイ、とまた音がする。換気口だ。資料室の天井の換気口——そこにあるべき格子の入った蓋が外されている。

黄が大声を出した。

猿のような原始的な威嚇。

ギチギチ、カチカチと、何かが鳴っている。

手首の拘束が強くなり、芽衣は痛みで眉根を寄せた。黄の指が縊るように食い込んでいる。

ギチギチ、カチカチ。

音が近付いてくる。

とうとう黄は芽衣の手を放して、近くに立てかけてあったモップの柄を握った。剣のように立て、構えている。

ギチギチ、と音がする。黄が奇声を上げ、モップを振り下ろした一瞬で、それは起こった。

音もなく黄は倒れた。

芽衣は口を大きく開けた。叫ぼうと思ったのだ。しかし、声の代わりに、ひゅうひゅうと空気だけが外に出て行く。

薄皮一枚で上顎に垂れ下がった下顎が見えた。気持ち悪いなどという言葉では表現できなかった。

下顎が吹き飛ばされたような状態でもまだ黄の意識はあるようで、ぴくぴくと眼球を動かしている。

指で椅子の角を摑み、立ち上がろうとしている。

その指が、視界から消えた。

短い悲鳴。それも、搔《か》き消された。

ぐちゃぐちゃと、かき混ぜるような音がする。それは、芽衣の足元で聞こえる。

「ああ……」

芽衣は叫ばなかった。

叫ぶようなことではなかった。

うっとりと目の前の光景を眺める。

ぐちゃぐちゃと音を立てているのは、虫だった。

美しい虫は、男の喉に唇を押し当てて、血を貪っている。

グロテスクではない。

神秘的だった。

芽衣は彼女に声をかけられなかった。名前を呼んでしまって、少しでも彼女の神聖さが失われてはいけない。

捕食が終わるまで待った。いや、待てなかったかもしれない。

芽衣は自分の人さし指と中指を性器に押し入れた。先程まで悍《おぞ》ましいものが入っていた部分を乱暴に掻き回す。

捕食されたい、と強く思った。食われて、どろどろにされて、彼女の一部となり、同じように神聖で美しい存在になりたかった。目から涙が零れた。そうならないことは分かっているからだ。

水音が止まる。

彼女の首がぐるりと回り、芽衣と目が合う。

「私、遅かった」

恵君は涙を流している。普通の、少女のように、遅くなってしまったとか、もっと早くに来ればよかったとか、そんなものは似合わない。そんなことをしてはいけない。

やめて、と言おうとした瞬間、扉が開いた。

一瞬の静寂の後、怒鳴り声が聞こえた。竹のようなしなやかな動きで駆け込んできたのは詠晴だった。床に転がった黄を見て、瞬時に全てを理解したのかもしれない。彼女は頭を抱え、すぐに携帯電話でどこかへ電話をかけた。がなり立てるような声だった。それでも、芽衣に触れる手は優しかった。自分の羽織っていた上着をそっとかけ、包み込むように抱き締めてくれる。

詠晴の体の隙間から黄の体が見える。周囲を見ても、もう恵君はいない。

芽衣は目を閉じた。

どう解決したのか、分からない。

芽衣は病院に運ばれた。それで、数日入院した。その後、両親が迎えに来て、誰にも会うことがないまま帰国した。

結局、強姦されたことは両親に言えなかった。男性に暴力を振るわれたという事実だけで十分だった。芽衣自身が好奇の目に晒《さら》されることを恐れてか、あるいは、加害者が惨《むご》たらしく殺されたからか——裁判沙汰にならなかったのだ。芽衣は今でも、あの事件が報道されていないか調べてみることがある。しかし、何も見付からなかった。台湾で起こった事件だからだろうか。あの無惨な死体がどうなったのか、どう処理されたのか、とにかく何も分かることはない。

学校側から多額の慰謝料が振り込まれた、ということだけは聞かされた。両親は芽衣の精神を気遣ってか、そのことを聞いたのも二十を過ぎてからだ。

両親は、海外自体が嫌いになってしまったようだった。何度か、芽衣を留学させたことを謝罪してきた。しかし、芽衣自身は、もう二度と行くことはないだろうけれど、嫌いになったわけではない。台湾は芽衣にとって、脳内で何度も記憶を反芻するくらい良いものだ。あの学校の女の子たちも、先生も、詠晴も——恵君も、皆、良い記憶だ。

思い返すと必ず、覚えていたくない記憶に辿《たど》り着いてしまうだけだ。気持ち悪い、悍ましい、男に蹂躙された記憶だ。間違いなく覚えていたくない。でも、消えてしまえとも思わない。この記憶は、虫の記憶とひとまとまりだからだ。悍ましいくらい美しくて、神秘的だった。弱い者が強い者に貪り食われる、官能的な光景。芽衣は何度も何度も反芻して、死にたいほどの絶望感を思い出し、そのすぐ後に凄《すさ》まじい多幸感に包まれる。そうすると、脳が酒で酔ったときのように揺れ、難しいことが考えられなくなる。これは現在の芽衣にとって、唯一の楽しみだった。

「ちょっと」

芽衣の幸せな陶酔は、急に勢い良く開いた襖《ふすま》の音で邪魔された。

まだ蕩《とろ》けた頭のまま襖を開けた義母を見る。

笑顔ではない。怒ってはいないようだ。しかし、ポジティブな感情は読み取れない。

「あなたさ、ミイスケ見なかった？」

ミイスケというのはこの家で飼っている猫だ。全体的に白い体にところどころ黒いまだらがあって、牛を思わせる。

芽衣が同居を始めた時には既にいた猫だから、この家では芽衣より立場は上かもしれない。一応、決まった時間にエサを与え、トイレの砂を換えてはいたが、必要以上に触ったことはない。

相変わらず猫を見ると、死体を連想してしまう。大人になった今では可愛いとすら思わない。動物は人間の感情が分かるのかもしれない。ミイスケも芽衣に近付いてくることはなかった。

「見てないですね」

「そう？　姿が見当たらなくて。見付けたら教えてね。心配で心配で仕方がないの。ほら朝話したでしょ。あれがあったから心配で」

芽衣は覚醒しない脳を働かせ、思い出した。

最近、動物にイタズラをする者が出没している。家畜も犬猫も分け隔てなく、狙われている。

お隣の磯貝《いそがい》さんは犬を外飼いにしていたところ——下らない話だ。

「猫は外に出られないようにするのが今は常識でしょう？　でもミイスケは外に行きたがっていたから、もうおじいちゃん猫だし、邪魔するのも嫌だな、って」

義母は放っておくと二時間も三時間も、動物にイタズラした不審者の話をしそうだった。

「分かりました。今、探しますね」

「今じゃなくていいわよ！」

義母が慌てたようにそう言った。

「見かけたら、教えてね」

芽衣は内心うまくいったと思った。義母は何か説教をしたいだけなのか、芽衣が言われたことをすぐにやろうとすると、引き下がる傾向にある。

「はい、そうします」

義母の後ろ姿を確認してから、芽衣はまた、詠晴の手紙を取り出す。

何度読んだところで書いてあることは変わらない。

「恵君」

そう声に出してみる。

この手紙を送ってきたのは恵君ではなく、詠晴だ。分かっている。

手紙に鼻を押し付ける。ほんのりと、甘い花の香りがする。気のせいかもしれない。

「恵君」

芽衣は指で、自分の腿《もも》を抓《つね》った。

捕食されたい。いや、そうではないかもしれない。とにかく、自分も、あの美しい存在になりたい。もう一度深く、息を吸おうとしたときだった。

襖が開く。

慌てて体を起こそうとしても、無駄だった。

義母は芽衣の手から手紙を捥《も》ぎ取り、舐め取るように視線を動かした。

「そう」

溜息と共に義母は言った。声が冷え切っている。

「へえ……そう。別に恋人がいたのね」

「違います」

「何が違うの？　大事そうに、匂いまで嗅いで」

「違います、これは、友達から……」

「友達？　友達にそんなねっとりしたことするの？」

頬が熱くなる。芽衣の頭に浮かんだのは、恵君の顔だった。

義母の言葉は、恵君との関係を、淫靡《いんび》で背徳的なものだと指摘している。そう思った。

「昔の恋人がそんなに忘れられないなら、なぜ結婚なんかしたの？」

誤解です、という言葉が出てこなかった。台湾人の名前など分からない義母は、詠晴を男性だと、芽衣のかつての恋人だと思い込んでいる。だから、詠晴は女性で、恋人などではない、そう言えばよかった。ただ手紙の匂いを嗅いで、あの思い出を噛《か》みしめているだけなのだ、と。

しかし、言葉が出てこなかった。

義母の言うことは的外れでも何でもない。

芽衣は未《いま》だに――いやきっと、一生、恵君のことを考えている。

「私は正治の母として、あなたが許せない。まだそんなに想《おも》いを残している状態で結婚するなんて、どういうつもりなの？　馬鹿にしているんでしょう。お嬢様のあなたに金目当てとは言わないけどねえ、妥協して適当な男と家庭に入ったということなら、とんでもない話だわ」

相手は女性です。だから、あり得ないんです。

こうやって否定することは、本当の自分を殺すことだ。芽衣は一度殺されたことがある。二度はごめんだった。

「違うんです……」

泣きたくもないのに、涙が零れる。

「あなたね、こんなときに泣くの？　普段はぼんやりして、何も感じませんみたいな顔をしているくせに、こんなことで？　そう。やっぱり、泣くほど大切な人なのね」

「違います、違うんです」

「何が違うの？　答えなさいよ。答えられるものなら」

芽衣は壊れた人形のように、違います、違うんです、と繰り返しながら泣き続けた。

芽衣の涙は、義母を苛立《いらだ》たせる装置のようだった。

「もういい。耳障りよ。聞きたくもない」

義母は吐き捨てるように言った。芽衣は両手で格子のような形を作って自分の口を塞ぐ。こうでもしないと、唇が勝手に動いて、無意味な音を鳴らし続ける。

「出ていけなんて言わないわよ。でも、中途半端な気持ちで、何の務めも果たさない自分が、どういう存在なのか。よく考えて、身の振り方を考えなさい」

うーっうーっ、と、唸《うな》り声のような嗚咽《おえつ》だけが漏れる。

「気持ちが悪い」

心底軽蔑した目で見られる。

それでも芽衣はまだ、恵君のことを考えている。

気持ちが悪いものとして見られる体験。普通に生きていれば、まず経験することがない。

今、義母にそういうふうに言われたことで、芽衣は恵君に、僅かながら近付けた気がした。

芽衣は、僅かに生まれた喜びを隠すように泣いた。より気持ち悪く、不気味であれば良かった。

唸りながら泣き続ける。

義母がもう一度戻ってきて、うるさいと怒鳴った。芽衣はさも被害者かのように、哀れっぽく体を引き摺《ず》り、座布団に顔を押し当てた。その様子も不気味に見えれば嬉しい。そう思ったが、義母はすぐに出て行ってしまったようで、見られていなかった。

芽衣は結局、そのまま少し眠ってしまった。

息苦しさで目が覚める。座布団を顔に押し付けたまま寝ていたのだから当たり前だ。

よろよろと体を起こし、鏡台に顔を映す。

目が腫れあがり、顔に布の皺《しわ》の跡が残っていて、誰が見てもひどい顔だと言うだろう。

目の周りの皮膚が涙の塩分でヒリヒリする。

芽衣は廊下に出た。見回しても義母の気配はない。

もう一度部屋に戻って、壁の時計で時間を確認する。随分眠ってしまった。もう十一時を過ぎている。義母は早寝早起きの人で、大体十時を越えて起きていることは少ない。それに、もし起きていたとしても、芽衣と関わっては来ないかもしれない。

夫はまだ帰って来なかった。最近は十二時を過ぎても帰宅しないことも多い。

会社の付き合いとか、残業とか言っているが、本当かどうかは分からない。たまに、スーツから女ものの重い香水が香ることもある。浮気をしているとして、自分には文句を言う資格はないと芽衣は思っている。義母の言うとおり、自分は女として何の務めも果たしていない。

芽衣は足音を殺して、風呂場まで行く。

義母と話した時、嫌な汗をかいた。そのせいか、脇が不愉快に湿っている感じがある。何より、顔を洗いたかった。体液が乾き、触ると乾いたそれが落下するほど不潔だ。

脱衣所に入ると、少しひんやりとしている。竹でできたマットの下が少し濡《ぬ》れているから、義母はとっくに風呂を済ませたのだろう。

風呂場の電気だけをつける。もう交換しよう、もう交換しよう、そう思ってひと月ほど経つ。だから、電気をつけても、それはひな祭りのぼんぼりみたいで、あまり視界は良くない。脱衣所の電気もつけっぱなしにすれば、なんとかなるのだが、芽衣は敢《あ》えて脱衣所の電気は消し、薄暗いままのタイルを踏んだ。

湯は抜かれているが構わない。夜でも特に寒くはない。髪を洗い、体の汗を流すだけだ。

暗い中で水を流すと、良く響く。また思い出す。

美しい虫の口から零れた、弱い人間の血。あれは芽衣を救いに来たのかもしれない。でも、芽衣を労ることより、捕食を優先した。それでいい。だから、あれは美しい。人間の到達できない、美しい存在。だから、ああいうふうになりたい。

カラン、と乾いた音がした。芽衣はハッとして水を止める。

もしかして、夫が帰って来たのかもしれない。

そうだとしたら、早く出なければ。

そう思って、顔を手で拭う。そして何気なく、視線を上に向けた。

ず、ずーっ、ずずーっ。

風呂場の窓が開く。外に嵌められた、錆《さ》びた格子が見えた。しかし、それも一瞬で視界から取り除かれる。

叫びたいと思っても、声は出ない。芽衣はあの時から、そうだった。

口を片方の手で強く押さえたまま、芽衣は窓を見つめる。

最初に見えたのは腕だった。

細くて、白い。女性の腕だ。

同時に、かすかに、女の声が聞こえた。何を言っているのか分からない。

入ってきた腕は、それ自体が生き物かのように、うねうねと進んで来る。華奢《きゃしゃ》な肩が見え、黒い髪がぱらぱらと垂れ落ちてくる。

そしてもう片方の腕が見えた瞬間、押し流されるように、女の全身が入ってくる。

芽衣は取っ手のついたたわしを握る。こんなもので応戦できるとは思えない。ただ、安心を求めて摑んだだけかもしれない。

女が、首を動かした。

目が合う。

「寶貝」

四つん這《ば》いの女は、美しかった。不快だった。全身から、ぞっとするような悍ましい雰囲気を漏らしていた。鼻がすっきりと整っていて、目が潰れるほど肌が白かった。

女が立ち上がる。丸い乳房が見える。

下半身に毛が生えている。

「寶貝」

芽衣は縋るように、その足に抱き着いた。蚯蚓《みみず》のような不快な湿り気と、甘い匂いが脳を焼いた。

寶貝、寶貝、寶貝、寶貝、寶貝。

「どうして来てくれなかったの」

どうしてここにいるの、とは言わなかった。

「なんで、早く来てくれなかったの」

なんで来たの、とも言わなかった。

ぬるりとした感触が芽衣の頬を撫《な》でた。目の前に、美しい顔があった。吐きそうだった。

芽衣は泣きながら、それの口腔《こうくう》内に、自分の舌を挿し入れた。柔らかいものが舌に絡みつく。

不快で堪らない。一生そうしていたかった。

「寶貝」

「それ、大好き」

芽衣は黒い茂みのような髪の中に手を入れる。

「寶貝」

「呼んで、もっと呼んで」

都合のいい夢だと分かっている。

台北にいる彼女が岐阜に来るわけはない。彼女は芽衣がどこにいるかも知らない。

知っていたとしても、来るわけがない。理由がない。

こんな真っ暗な中、来るわけがない。窓から人間が——全裸の女が、入ってくるわけがない。

あり得ない。

都合のいい夢だと分かっている。でも、ずっと見ていたい。

どこまでも美しく、気味の悪い、恵君の夢を。

「ねえ、寶貝って、呼んで」


呼ばれたような気がして体を起こす。

まだ眠い。全く起きたい気持ちが湧かない。

全身が湯に浸《つ》かっているように暖かくて、頭がぐらぐらする。

「ちょっとっ！」

芽衣はようやっと目を開けることができる。

顔に唾が飛ぶ。不快だ。

「いつまで寝てるのよ！」

顔を袖で拭いながら声の主を見る。

「お、お義母さん……」

「お義母さん、じゃないでしょう！　何度も何度もっ」

義母はヒステリックに喚《わめ》き散らしている。芽衣は頭を押さえながら立ち上がる。痛くはない。

ただ、手で押さえていないと、倒れてしまいそうなくらい、熱くて重い。

「あの、お義母さん」

「そんなことはどうでもいいのよっ」

まだ何も言っていないのに、義母は芽衣の言葉を遮った。

「ミイスケがいないのよ」

「私、見てないです」

「そんなことくらい分かってるわよ！　あなた、今までグースカ寝てたんだからっ」

鼓膜がびりびりと震えるような大声で義母は芽衣を怒鳴りつける。

はあはあと肩で息をして、なおも大声で言う。

「探しますって言うんじゃないの？　あなたおかしいのよ！　本当に信じられない、人がこんなに困ってるのにっ」

「母さん、言いすぎだ」

襖が開いたのと、声が聞こえてきたのは同時だった。

「声が家じゅうに響いている。なにも、怒鳴ることないだろう」

少し猫背で背が高い男。夫の正治だった。

彼はどんなときでも落ち着いていて、ゆっくりと話す。この人となら生活していけるかもしれない、と芽衣が勘違いをしたのも、この話し方のせいだ。

正治は今、冷え冷えとした表情で、芽衣を見下ろしている。

「疲れてるんだ。たまの休みくらい、ゆっくり寝かせてくれ」

口をほとんど動かさずに言ってから、正治は部屋を出て行く。

芽衣を庇《かば》ったのではない。そもそも、話の内容などどうでもよかったに違いない。問題を解決しようとしたのではなく、ただ静かにしてほしかったのだろう。女の、ヒステリックな怒鳴り声は睡眠の邪魔だから。

今更がっかりなんてしない。愛情がないなんて、責めることはできない。正治がこういう態度になったのも、元を正せば自分に責任があると芽衣は分かっている。

結婚相手が常に不幸そうな顔をして、自分の母親と上手《うま》くいかず、家事も満足にできず、ろくにセックスもしないから子供も生まれない。こんな状況になって、愛情が続くわけはない。とっくに離婚を切り出されていてもおかしくない。家に置いてくれているだけでもありがたいと思わなくてはいけないのだ。

「芽衣さん」

正治の注意が少しは効いたのか、義母は少し声量を抑えている。

「とにかく、ミイスケを探してほしいのよ」

「あ、はい、もちろん、です……」

芽衣の頭はまだ茹《ゆだ》ったような状態で、きちんとものを考えることができなかった。

そもそも、昨日をどうやって終えたか覚えていない。

恵君《フエンジュン》が風呂場の小窓から入ってきて、芽衣は泣きながら、裸のまま——だから、どうして今自分が服を身に着けているのかも分からない。

目覚めた場所を考えると、芽衣は、鏡台のある部屋で眠ったようだ。顔にくっきりと畳の跡が残っているから、布団さえも敷かずに。

芽衣はほんの少しだけ、笑い声を漏らした。

恵君が来るわけがない。

芽衣の都合のいい妄想だ。どうしようもない状態から自分を掬《すく》い上げてくれる、そんな甘い願望が夢を見せた。そんなことは起こるはずがない。

ぴしゃり、と乾いた音がした。次いで、頬が熱くなる。

頬を叩《たた》かれたのだ、と気が付くのにも時間がかかった。脳が茹り、顔が熱を持ち、目が潤んでよく見えないのだ。

義母は憎しみのこもった目で芽衣を睨《にら》みつけていた。

「今、笑ったわね」

笑っていない、と口に出す前に、もう一度頬を叩かれる。

「何が面白いの」

「何も……」

義母の顔を見つめてしまう。

目が大きく開かれ、血走っていて、眉間に深い皺が刻まれている。

恐ろしい顔。理性を失っているように見える。

「笑っていないです」

また、頬を叩かれる。

それほど痛くないのは、どうしてだろうか。

芽衣には、義母がどういう感情でいるのか全く分からなかった。どうして、追い出さないのだろう。

私の手紙の送り主――実際は詠晴《ヨンチン》だが、義母は完全に男だと思い込んでいる――との、心の浮気。彼女はそれを確信しているはずなのだ。正治に何も言わなかったのだろうか。それとも、言ったところで、彼の心は少しも動かなかったのだろうか。

「ミイスケ、探しますから」

義母はほとんど聞き取れないような金切声で何かを叫び、芽衣を突き飛ばした。尻もちをつく。ほとんど脂肪がないからか、骨に響いて、少しだけ痛かった。

そのまま外に出て行ってしまった後ろ姿を呆然と眺める。

「孫がいないからさ」

あえ、という間抜けな声を出してしまう。

背後に正治が立っていた。

「孫がいないから、猫のことになると、こうなってしまうんだろうね。母さんにとって、ミイスケは、孫のようなものだから」

平坦《へいたん》な調子でそう言う正治の表情を芽衣は確認することができない。

何か言おうと思っても、言葉が一つも思い浮かばなかった。

ガタガタと音が聞こえて目を覚ます。

ひどい気分だった。

芽衣は目を開けたが、体は起こさない。天井を眺めて、大きく溜息を吐いた。

眠りについた記憶がない。

芽衣は、義母に無視され、時折嫌悪感にまみれた視線を向けられながら、ミイスケを探した。近所の猫好きの女性が以前教えてくれた猫の集会場と呼ばれている空き地にもいなかった。正確に言うと、芽衣はいたように思えた。牛柄の猫は全て同じに見えた。

ミイスケらしき猫を見付けては「あ」と声を上げていたら、義母が吐き捨てるように、「人でなし」と言った。芽衣の顔は見ていなかったが、自分に向けられた言葉であることくらい分かった。人間の子供ならまだしも、猫の顔の判別なんてつくわけがない、と心の中で思ってから、いや、と心の中で否定する。人間の子供の顔であっても、芽衣には判別できそうもなかった。子供は特別好きではない。自分の子供なんて想像しただけで、むしろ気味が悪い。

猫の集会場を見たあとは、金魚のフンみたいに義母について行った。

「目障りよ」

と言われてからは、家に戻って、料理を作ったような気がする。

冷蔵庫に入っていた野菜を炒《いた》め、フライパンで魚を焼いただけだ。

それを食べたような気もする。義母は夕方の六時を過ぎたあたりに帰ってきて、肩を落として、

「見付からなかったわ」

と言った。

正治が何も言葉をかけないので、

「きっと見付かりますよ」

と言ってみた。

心にもない言葉なのに、何故か義母は少しだけ頬を緩ませて、

「そうね、明日も探してみるつもり」

と答えた。

それ以上会話がなかったから、記憶は希薄だ。

そのあと、風呂を掃除していたら、後ろから近付いてくる気配があった。振り向く前に、抱き締められた。正治だった。

「子供、作ろう」

「えっ」

「猫は死ぬ前になると姿を消すと言うだろう。ミイスケはもう人間で言えば六十歳を超えている。少し早いけど、そういうことだと思う。だから、子供を作ろう」

芽衣は何も答えなかった。

でも、そうしなければならないということは分かっている。そうするのが普通で、おかしいのは自分なのだと分かっている。

義母が一番最初に風呂に入り、次いで正治が入る。

「芽衣」

風呂場から呼びつけられて、シャンプーを切らしていたかもしれないと思い、慌てて向かった。

「どうしたの？」

「入ってきてくれ」

それが何を意味するのかくらい、分かっている。

芽衣は一枚、一枚、服を脱いだ。自分の生皮を剝ぐような気持ちだった。

「大丈夫か……？」

「うん、大丈夫」

脱衣籠に服を放り込んで、ドアを開ける。きゅるきゅると不愉快な音がした。

それよりもずっと不愉快なことが待っていた。

久しぶりに見る正治の裸は、僧帽筋が盛り上がっていて、以前より引き締まっているような気がしたけれど、そんなことは芽衣にとっては不快感を増す要素にしかならない。

正治の節くれだった指が腰を撫でただけで身震いする。興奮などするわけがない。これは純粋な嫌悪感だ。気持ちが悪い。

気持ちが悪い。

恵君のことを思い出す。正確に言えば、恵君の、夢だ。

相変わらず気持ちが悪かった。蚯蚓みたいにしっとりとして、口の中は薄桃色で、肌の奥に何か人間とは違う内容物がみっちりと詰まっている。陰毛が腿に触れたとき、吐いてしまいそうだった。蟻《あり》に全身を這い廻られているような気分だった。

それでも、恵君は美しかった。神聖で、何よりも尊くて——そんな気分にさせられた。

本当はこの場所で男と交わるなんて嫌だった。

「ああ」

芽衣が涙を流しながら呻《うめ》くと、正治は声を弾ませて、

「感じてくれて嬉しいよ」

と言った。幸せな勘違いをする生き物だ。

芽衣は嫌で嫌で、死にそうに嫌で泣いている。

一突きごとに魂が壊されていく。

恵君の神聖さが穢《けが》されていく。

そう思って、涙が止まらないのだ。

正治は自分勝手に腰を振り、果てた後、あろうことか寝室でも芽衣を誘ってきた。

芽衣は断らなかった。一度も二度も同じことだし、恵君のことを思い出さないでいられるから、
風呂場から離れてくれたのは好都合だった。

肩辺りに存在する正治の頭。頭皮の臭いが鼻腔《びくう》を支配した。

男の人ってなんで臭いんだろう、そんなことを聞いたら、それはジアセチルという化学物質が原因だ、と教えてくれたのは、詠晴だったかもしれない。遠い記憶だ。

きっと、正治の頭皮からもジアセチルが発生していて、だからあんなに臭かったのだ。

恵君は良い匂いがした。触角のようで気味の悪い、しかし艶やかな黒髪から、ずっと嗅いでいたいと思うような匂いがしていた。

恵君は虫だ。他の虫の匂いも、もしかしたらこんなに素晴らしい匂いなのかもしれないと思っ

たこともある。気持ち悪いから、実行に移したことはないけれど。
悪臭に塗《まみ》れた行為が終わって、正治は、子供ができたら、なんて話をしていた。
芽衣は、女の子がいいな、と言ってみた。正治は、男の子の方がいいみたいなことを言ってい
たような気がする。真面目に聞くわけがないというか、そもそも違う話をしている。芽衣は、生
物としての話をしている。男の子は、小さな男だ。男なのだから、無理なのだ。
久しぶりに性交をしたから、疲れたのだ。いつの間にか芽衣は寝ていた。そして今、目覚めた。
視線だけ動かして時計を確認する。夜中の三時を少し過ぎたところだ。
正治は、静かな寝息を立てている。起きないだろう。
体を起こす。やはり起きない。
体がべたべたとして、男の嫌な臭いがする。ジアセチルの臭いが、芽衣の体からも放たれてい
るのだろう。耐えられない。
芽衣は布団から抜け出して、風呂場に向かった。歩くとぺたぺたと音がする。足も汚れていて、
その汚れを床が吸着している。音自体が、汚れている。そんな想像をして、気持ちが悪くなった。
芽衣一人の足音が廊下に響く。誰も起きて来る気配はない。
芽衣は新しい下着を用意してから、ショーツを脱ぎ捨てる。新婚のときに買った、透けていて
下品なデザイン。自分がこれを身に着けていたことそのものが忌まわしい。少し迷ってから、芽
衣は汚れたそれを屑籠《くずかご》に放り込んだ。
風呂場はやはり電気は点《つ》かないから、暗いままだ。この暗さにわずかに助けられたわけだから、

やはりもうしばらく交換しないでおこうと思う。

蛇口を捻《ひね》って、ちょうどいい温度を探す。

「寶貝《バオベイ》」

暗闇に気配を感じ、思わず、まだ冷たいままのシャワーを浴びせかける。

これは、急に声をかけられたことへの生理的な反応であって、抑えられるものではない。芽衣には拒否する気持ちなどどこにもない。

水をかけられたのに、虫の肌は水を弾《はじ》いた。肌にいくつもいくつも水滴が玉のように盛り上がってついていて、グロテスクなくらい神秘的だった。

「恵君……」

それきり、何も言えなくなる。

夢ではなかったと分かって嬉しい。昨日のことも、夢ではなかった。彼女は確かな存在感とともに、目の前にいる。

しかし同時に思う。

彼女の存在は、どう考えても間違っている。

すらりと伸びた長い足も、腕も、白い乳房も、黒い髪も、大きな瞳も、この場所にあってはならない。浮いている。夢の世界の住人が現《うつつ》に現れてしまったら、それは、おかしなことだ。間違いだ。

いま、恵君は、燃えるような瞳で芽衣を見ている。

「寶貝、痛い？」

指先が芽衣の首筋をなぞっていく。体が震える。短い間隔で息を吸ったり吐いたりして、酸欠になって、何も考えられなくなる。

「痛いんだよね」

恵君の腕は二本しかないし、指だって左右に五本ずつしかついていない。それなのに、全身の皮膚をうぞうぞとした感触が襲ってくる。無数の指が全身を這い廻っているようだった。

呼吸が浅くなる。

快感なのかもしれない。

不快感なのかもしれない。

体の中心が熱くなって、涙が零れる。

「寶貝、泣かないで」

蛞蝓《なめくじ》のような舌が瞼を通り過ぎる。でもこれは蛞蝓ではないのだ。芽衣の涙で溶けないのだから。

ぬるく柔らかい肌に包み込まれる。

風呂場のタイルが少しも冷たくない。

「痛いよ」

それなのに、芽衣の喉から、絞り出すように言葉が出た。

「痛いよお」

芽衣は痛い、痛い、と泣いた。喚くこともできない。大きな声を出す方法を忘れてしまった。

義母に叩かれた頬が痛い。

強引に摑まれた腕と腰が、押し入られた性器が痛い。

何度も吸われた肌も痛い。

そんな痛みは表層的なものだ。下らない。考えるだけでも恥ずかしい。

痛いのは、心だ。

狭い所に閉じ込められて、何もできない。身動きが取れない。

消えてしまいたいと毎日思っている。

何も食べず、消えてしまえたらどれだけいいかと。

そう考えて、ずっと痛い。

芽衣は恵君と目を合わせる。恵君は泣いていない。

「寶貝、私は……」

恵君は口を開いては閉じ、開いては閉じを繰り返した。

芽衣が黙ってその不気味な光景を見ていると、意を決したように言う。

「芽衣、芽衣寶《メイベイ》、私は、あなたに、強くなってほしい」

「無理だよ」

すぐに芽衣は答えた。

「無理じゃ、ない」

「無理だよ。私、何もできない」

芽衣は俯《うつむ》いた。俯くと、必然的に自分の体が目に入る。

弱々しくて、醜い体。

細いばかりで、張りもなく、萎《しお》れている。肌の色が悪いのは電気が点かないせいではない。日焼けと乾燥で、土埃《つちぼこり》のような色をしている。

それに絡みつく恵君の太腿の白さと潤いが、ますますそれを強調しているのだ。

「何ができるって言うの、私に。何もできない」

真面目に働いたこともない。

家事も満足にできない。子供も産めない。

「芽衣、あなたは強かったよ」

恵君の声は震えていた。

「あなたは、私を庇ってくれた。友達になって、くれた。私と一緒に、いてくれた。孤立も、恐れなかった。あなたは、強かった」

「言わないでっ」

思わず大きな声が出て、芽衣は慌てて口を押さえる。でも、そんな話は聞きたくなかった。

あのときはなんでもできると思っていたのだ。

人間はだれしも良い心を持っていて、当たり前の善は当たり前に行われ、世界は優しいから、正しいことは、全て素晴らしく、肯定されるべきだと思い込んでいた。

だから、なんでもできると勘違いをしていた。

「言わないで、惨めだから」

今はくたびれた田舎の専業主婦なのだ。醜くて、何の取柄もない。

「わ、私、お義母さんからは嫌われてて……でも、それも当然で、何もできないの、何も」

恵君の大きな瞳が見られない。自分の姿が映る鏡になってしまっている。鏡なんて見られない。耐えられない。

「だから……仕方ないの。何もできないから、夫が……ほかに、女の人がいても、それでも、仕方ないの……当たり前なの」

だから、「子供が欲しくない」とさえも言えない。弱い。弱いことは罪なのだ。だから、何をされても文句は言えない。

「芽衣、もし」

恵君の声は震えていない。強い。何も感じていないのかもしれない。何も人間のことは分からないのかもしれない。それが妬ましくて、それ以上に――

「芽衣、もしもの話」

恵君の顔が目の前にあった。綺麗だ。でも、込み上げてくる吐き気に耐えられない。

芽衣は嘔吐《おうと》していた。ほとんど何も食べていないから、酸っぱくて透明な液体が涎《よだれ》のように垂れるだけだ。

汚い液体が恵君にかかったかもしれない。しかし、彼女は何の動揺もしない。

恵君は芽衣の頬に手を当てた。

「もしも、私と同じようになったら、大丈夫、なる？」

「同じように……」

恵君は頷いた。

「私と、同じように、なる、それは、怖いことかもしれないけれど」

「恵君に、なれるの？」

猛烈な吐き気と嫌悪感は止まらない。

恵君は気持ちが悪い虫だ。でも、それ以上に芽衣は興奮している。

綺麗だからだ。恵君は、美しい。見ていると頭がおかしくなりそうだ。

肌と肌が触れていても、その一枚の皮が邪魔だと思うくらいに、恵君は綺麗で——

「恵君になりたいよ」

芽衣の口ははっきりとその言葉を吐き出した。

「恵君になりたい」

目を閉じても涙が次から次へと溢れて、零れる。恵君はこんな惨めな気持ちになったことがあるのだろうか。きっと、ない。気持ち悪い虫だと言われてきたとしても、誰がどう扱おうと美しい生き物なのだから、惨めになるわけがない。

「我了解了《わかった》」

恵君の体が離れていく。

待って、と短く声が漏れる。

恵君は芽衣の口の前に人差し指を一本立てて、シーッと言った。

「芽衣、口を開けて」

「えっ」

「開けて」

口が、操られるように開く。

「万勢《ごめんね》」

恵君の口も大きく開いた。

開いた、というよりは、何かの蓋が開いて——絶対に開けてはいけない蓋が開いて、中身が剝き出しになったようだと思う。

心臓が早く、何度も、脈打っているのが分かる。酸素を全身に送り出している。

胎児のような色の長細くぬるぬるしたものが口腔内に押し入ってくる。

芽衣はたまらず口を閉じようとする。

しかしできなかった。

固いもので上下の奥歯が支えられていて、口を閉じることができないのだ。

ぬるぬるしたものは口蓋を伝って喉の奥に侵入してくる。胃の中のものがせり上がってくるようだ。しかしそれも叶《かな》わない。ぽとりと腹の中に何かが落ちる感触があった。

ぬるぬるとしたものが引いていく。

口腔内が自由になって、息を吸い込んだ瞬間、胃液が上がってくる。

芽衣の体は必死に抵抗しているようだった。産み落とされた何かを、排出しようとしているのが分かる。

柔らかいものが芽衣の唇に触れる。

恵君の唇が柔らかく動いている。

この美しく悍ましい生き物と、自分に、同じ器官があることが不思議だった。

湿った音がする。

もう何も考えられない。

ただ、頭が破裂しそうなほどの恍惚《こうこつ》の中で、芽衣は目を閉じた。

第三章　虫を起こす

「あまり似ていらっしゃらないんですね」

　若いのにだらしなく太った男に、笑い交じりにそんなふうに言われて、少しムッとしてしまったのは事実だ。男が私に「似ていない」と言う場合、それはあまりポジティブな意味ではない。暗に、あの人に比して魅力的ではない、と伝えてきている。

「一緒に過ごしていただけで似るものなんですか？」

　私も笑い交じりにそう返してやると、男のにやついた顔は一瞬で固まって、そしてもじもじと弛《たる》んだ体を揺すったあと、小声で「すみません」と言った。気まずくて逃げ帰るかと思ったけれど、その後平然と質問をいくつかしてきたのは見上げた根性だと思う。これくらい図太くないと記者という仕事なんてできないのだろう。私には決してできない仕事をしているとは思う。尊敬の念など一寸も湧かないけれど。

「似ていない」と言われるのは、今よりずっと、思春期のときの方が多かった。

　私があの人に比べて大きく容姿が劣っているということはないと思う。これは負け惜しみではなく、事実だ。一緒に撮った写真を見ても大差ない、どころか、容姿だけならかなり似ている。

私の方がやや背が高いだけで、下がり眉、印象の薄い奥二重の目、小さくて低い鼻、少し口角の下がった唇、少し突出した前歯——と、パーツはほぼ同じと言ってもいい。女友達にも、あの人の元同級生（女子高出身だから全員女性だ）にも、よく似ているね、と言われる。つまり「似ていない」というジャッジを下すのは男性だけなのだ。

あの人は、私と同じく決して美人でも可愛《かわい》くもないのに、男性にだけは魅力的に映るらしかった。

思春期のときはやはり随分悩んだ。

あからさまに態度に差をつけてくる男もいて、もしかして私の目は節穴で、周りも気を遣っているだけで、本当は私はひどく醜いのではないか、と。

しかし、今なら分かる。

あの人は、特殊なフェロモンみたいなものを分泌していたのだ、一部の虫みたいに。カイコガのメスは、腹部先端から性フェロモンを分泌し、それでオスは興奮して、ジグザグと羽ばたきながらメスを探索するらしい。あの人はカイコガのようなものだったと思う。女にしては珍しいかもしれないが、私は虫が好きで、小さい頃は昆虫図鑑を夢中で読んだこともある。こういう部分も、あの人とは似ていないかもしれない。あの人は虫みたいな習性があるくせに、虫が大嫌いだった。

あの人とは長い時間を一緒に過ごしたのに、少しも理解し合うことができなかった。

私はあの人のことを恐れていたし、あの人は私のことを路傍の石ころだと思っていた。

私はある時期から、完全にあの人と話すことを避けていたように思う。嫌いではなかった。本当に怖かったのだ。暴力で脅されたり、意地悪を言われるわけではない。ただ、話すと、自分の今いる、ここに確かにあると思っている世界が、実は全く違うものだと気付かされるような気分になった。とにかく、不吉な人だった。同じ場所で過ごし、同じものを食べているのだから、自分もこうなる、そんなふうに思うこともあって、ますます恐ろしかった。

いつからか、ははっきりとはしない。でも、強烈に印象に残っていることがある。

それは幼い頃、母とあの人と私で散歩をしたときだ。夏だったと思う。

猫が死んでいた。遠くからでも異臭がしたから、私はなんとなく嫌だったし、母はすぐにそれがなんであるか気付いて、露骨に迂回しようとした。それなのに彼女は母の手を振りほどいて、猫の死体に駆け寄って行った。

そしてしつこく何度も、あれは何か、と聞き続けた。

母は何回目かで折れて、「あれは猫の死体よ」と短く言った。

あの人は「へえ、そうなんだ」とかなんとか――よく覚えていない。

不気味だったのはその後だ。

何日も何日も続けて、あの人は猫の死体のことを話した。

「真っ黒だったよね」

「近付いたら全部小さい虫だった」

「息してるように見えたけど虫が動いてるだけだった」

「近付いたらピンクの中身が見えた」

「臭くて気持ち悪かったよね」

「生き物ってみんな死んだら気持ち悪くなるのかな」

こちらが食事をしていようとなんだろうとお構いなしに話した。

彼女が話すたびに思い出したくもない気持ちの悪い死体がフラッシュバックして、食欲が失せるだけではなく、全てのことを前向きに考えられなくなっていった。

私は何度か涙ながらにやめてほしいと訴えたが、石ころの言うことを彼女が聞くわけはなかった。

母が厳しく叱り、それでもやめなかったので父が頬を張り飛ばしてやっと、あの人が猫の死体の話をする頻度は減っていった。

「どうしてそんなにしつこく気持ちの悪い話をするの」

母に問い詰められたとき、彼女はこう言った。

「何度も何度も話さないと、忘れてしまうと思うから。猫だってなんだって、いくら可愛くても死んで気持ちが悪くなる弱い生き物なんだって」

なんで怒るのか全然分からないとぼやく彼女にこちらの言葉が通じるとは思えなかった。

結局、猫の死体のことをあまり話さなくなったのも、暴力が怖いからだろう。彼女が体格の良い男でなくて良かったと思った。父など簡単にねじ伏せてしまえる強さを持っていたら、彼女はきっとずっと、猫の死体の話をし続けたに違いないのだから。

両親がどの段階で気付いたのかも私は知らない。私が物心つく頃には既に、両親ともあの人の言動に真正面から注意することはほとんどなかった。猫の死体の件は例外だ。だから私は成人になるまでずっと、漠然とした不安とともに過ごしていた。両親が注意しないということは、あの人が正しくて私が間違っているかもしれないと思うのも自然だろう。

*

昼下がり、突然呼び鈴を鳴らした女は、林詠晴《リンヨンチン》と名乗った。

多分、正治《まさはる》が今まで見た女の中で一番背が高い。正治もそれなりに背が高い方だから、さすがに彼女の方が小さいが、おそらく百七十五センチは超えている。

どこかの寺の天井に描いてあった天女の絵のような顔をしている。好みではないが、かなりの美人だと思う。絵になる、というべきか。

ヨンチン、という響きには聞き覚えがなかったが、名刺に書いてある「詠晴」という文字には見覚えがあった。

これは、妻の芽衣《めい》が、大切に持っている手紙の送り主の名前だ。

芽衣が高校時代、台湾に留学していたことは知っている。そして、それをとても良い思い出だと思っていることも。彼女は、コンビニで台湾フェアをやっているだけで、少し微笑《ほほえ》むのだ。

だから、詠晴は男だと思っていた。

詠晴という男と、芽衣は、昔一瞬の間、恋人同士だったのだろう、と。

そういう話はよく聞く。留学の間だけの恋人だ。勿論《もちろん》、面白くない気持ちはある。誰だって、自分の配偶者がいつまでも昔の男のことを考えていたら嫌だろう。

しかし、相手が海外在住の外国人となると、もう会えない相手で、楽しかった留学経験に付随した記憶の中だけの存在だと思う。危機感も何もない。少しくらい思い出に浸ってもどうでもいいと思っていた。

だから、驚いたのは詠晴が女性だったことだ。いくら背が高くても、詠晴はどこからどう見ても女だ。

そうなってくると、女同士の恋愛だったかもしれない、と思う。

正治にとって、真っ先に思いつくのは宝塚《たからづか》だった。男のように、いや男よりも凜々《りり》しい女優に、憧れを抱く多くの女性たち。しかし、あれはきらびやかな世界を純粋に愛《め》でているのだろうし、そういう見方は間違っているかもしれない。

それ以外だと、アダルトビデオのレズビアンものだ。

むしろ好きなくらいだが、それも少し違う気がする。そういう目的で作られているものだから、肉欲が先だし、どうしたって見ているこちら側、男の目線、意図が感じられる。

だから、やはり全く想像がつかない。同性を好きになる気持ちは分からない。

自分の妻と目の前の台湾美人が——

「あの、正治さん」

「はいっ？」

急に声をかけられて、素っ頓狂な声が出る。

詠晴はずっとうっすらと笑みを浮かべているが、それは作り物のようで、心の中で何を考えているかは分からない。

「奥様と私は、あなたが考えているような関係ではありませんよ」

「はえっ」

間抜けな声を聞いて、詠晴はクスクスと笑った。

「ははは、ごめんなさい。私、童乩《タンキー》ですから、何を考えているかも分かってしまうの」

童乩。詠晴が渡してきた名刺の肩書もそれだった。

どういうものか、と尋ねると、平たく言えば占い師です、と彼女は言った。

「でも、占いばかりしているわけではないですから、日本人の方のイメージとは違うかもしれません。シャーマン、霊媒師、イタコ。色々な呼び方がありますね。胡散臭《うさんくさ》いと思いますか？」

胡散臭いですよね、と詠晴は言った。こちらの考えていることが筒抜けになっている。

占いなど信じたことはない。お参りも地鎮祭も形式上やっているだけだ。目に見えないものは信じない。しかし、彼女がそういう、他人とは違う能力を持っているということは信じかけている。霊能力というより、超能力ではないか、と思うが。

「そういう関係でないとすると……その……すみません」

「大丈夫ですよ、ゆっくりで」

詠晴は張り付けたような笑顔を崩さない。

本当に胡散臭い。

彼女が台湾人であることさえも疑わしいくらいだ。

日本語が上手すぎる。

地銀の顧客にも華僑《かきょう》の人間はいるが、ここまで流暢《りゅうちょう》に、まるで自分たちと同じように話す者は見たことがない。

「私の父も同じ仕事でした。色々な国に顧客がいたんです。特に、日本人は多かった」

また考えていることを読まれてしまった。薄気味悪いと思う。そう思ったことも読まれているのだろうが、失礼だとしても、思うことは止められない。

「詠晴さんは、芽衣と仲が良かったですか」

小学校の先生のような質問をしてしまう。しかし、言葉を選ぶと、それしか言えなかった。

「仲が良い――良かったか、は分かりません。でも、気にかけてはいました。あなたの奥様、可愛らしいから」

「えっ、あっ、はい……」

詠晴はまた声を上げて笑う。揶揄《からか》われているようで、少しムッとするが、彼女に怒っても仕方ない。知りたいのは、なぜ彼女がわざわざ日本に来て、芽衣に会いに来たのか、だ。

「私があなたの奥様に会いに来たのは、彼女のことを今も気にかけているからですよ」

「ええと……それは、どういう」

「彼女、最近変わった様子はなかったですか」

「あると言えば、ありますけど、それは……」

お前の手紙のせいだ、とは言いにくい。詠晴の、心を読む能力でさっさと読んでほしい、そう期待して、正治は言葉を濁した。

「私、なんでも分かるわけではありませんよ？　きちんと言ってくださらないと」

「えっ、そうなんですか……」

「ええ。正治さん、人が好《い》いというか、騙《だま》されやすいとかって、言われたことがありませんか？　私がやっているのはコールドリーディング。仕草や話し方から、考えていることを読み取るだけ。腕のいい占い師ならみんな得意ですよ」

詠晴はまた、声を上げて笑う。今度ははっきりと馬鹿にされている、と感じた。

「あんた、一体なんなんだ。いい加減にしろよ」

「あら、怒らないでください。馬鹿にしているわけじゃないんです。ただ、あなたみたいな善い人には、少し難しいと思っただけです」

「はあ？」

どうしても強い口調になってしまう。とても苛《いら》つく女だと思った。容姿の良さは、そのまま感じの悪さと比例しているとさえ思う。

「何か異変は、あったということですね。それで、正治さん、奥様は今、どちらに？」

答える義理はない、と言ってやろうかと思う。しかし、そんなことは子供じみた嫌がらせだし、何よりこの女にはさっさと用件を済ませて帰ってほしいと思う。

「今日は、俺の仕事が休みなんで。ひとりでゆっくりする時間も必要だろうと言ってくれて。俺地元の銀行の営業なんですけど、確かにほとんどこういう、ゆっくりした時間は取れないのでありがたいなと思って……」

「それで、どこへ？」

さっさと要点を話せ、とでも言うように、詠晴は早口で言った。

正治は彼女の態度に苛つきながら、

「うちの母親と一緒に出掛けてますよ。少し遠出して、ハイキングに。気分転換にどうかと、妻から誘ってましたね。猫がいなくなって、落ち込んでたので」

「猫」

詠晴は正治の言葉に被《かぶ》せるように言う。

「猫がいなくなった、とは」

「え、そんなに気になります？　最近、この辺で、ペットが殺される事件が多発してるんですよ。近所の変質者の仕業だと思いますけど」

正治はそこで言葉を切った。大きな舌打ちが聞こえたからだ。

見ると、詠晴の口元から笑みが消え去っている。

「一体、どうしたんですか」

舌打ちしてごめんなさい、と詠晴は短く言った後、

「少し遅かった、そう思います」

詠晴が立ち上がったのと、玄関から音がしたのはほぼ同時だった。

「正治さんっ」

芽衣の声だった。ぜえぜえと荒い息が混じっている。ばたばたと足音がして、かけこんできた。

顔にはところどころ汚れが付いている。土、埃《ほこり》、そして血も混じっている。

額に玉のような汗を浮かべながら芽衣は言う。

「正治さんっ、どうしよう正治さん」

「落ち着けよ」

いつも大人しい芽衣からは想像もつかないような動揺の仕方だ。正治にも動揺が伝わってしまう。

「何があったんだ？」

「お、お義母《かあ》さんが、いなくてっ」

芽衣は途切れ途切れに言葉を吐き出す。

「お義母さんがっ、途中で、怒ってしまって、それで、一人で帰ると言いだして。でも、心配だからついて行くって言ったんだけど、一人で帰るって言い張って。でも、少し待ってから、追いかけたんだけど、どこにもいなくてっ、一本道なのに」

正治は膝から頽《くずお》れた。

一瞬にして、様々な想像が脳を駆け巡る。芽衣が提案していたハイキングコースは木の階段もついていて、子供でも楽しめるようなゆるやかな傾斜の山道だ。それでも、山道だ。だから、滑落したのかもしれない。あるいは、どこでどうしたのか、遭難してしまったのかもしれない。

「私も探したんだけど、見付からなくてっ」

確かに、ぼろぼろだ。顔だけではなく、羽織っている上着にも、引っかかったような穴が空いている。

正治は次に、どうしていいか分からなかった。震える手で床を押し、なんとか立ち上がる。何を言ったらいいのかも分からない。

芽衣は目に涙を溜《た》めて、

「正治さん、どうしよう、私……」

「あなた、演技の才能、ないわ」

凛《りん》とした声が、芽衣の喘鳴《ぜんめい》を遮った。

「下手くそ。今すぐやめたら？」

詠晴は立ち上がり、正治を押しのけ、芽衣を見下ろした。

「ど……どちら様ですか」

「だから、才能がないことは、しない方がいいですよ。分からないはず、ないでしょう」

正治は思わず、詠晴の肩を強く摑《つか》んだ。

「そりゃ、十年ぶりに会ったら分からないだろ！　それに、いまそんな場合じゃ」

「北七《バカ》」

詠晴は短く呟《つぶや》いて、正治の手を払いのけた。女性とは思えないくらい強い力だった。

そして芽衣に向かって言った。

「臭い。鼻が曲がりそう。あなた、虫と会ったわね」

臭い、と聞いて、正治はハッとする。

確かに、臭いかもしれない。いや、信じられないほど臭い。

糞尿《ふんにょう》などの、分かりやすい臭さではない。ただ、空気がどんよりと重くなるような、嫌な臭いがする。

「必死になって探してくれたんだから、臭いのも当たり前だろ、きちんとシャワーを浴びれば」

正治は自分の中の違和感を誤魔化すように、芽衣を庇った。芽衣は長身の詠晴と正治に囲まれて、小さくなっているように見える。震えていて弱々しい。守ってやらなくてはいけない、そう思う。

「必死になって探した。そんなことより、一番すべきことをしていないのはおかしいでしょう」

詠晴は顔を正治に近付けていった。

「警察。捜索隊。救助隊。山の管理人。そういうものにあなたの奥様はどうして連絡しなかったんでしょう?」

芽衣の震えがぴたりと止まった。

空気が凍るような沈黙が耐えられない。

「連絡したよな、した上で」

「林詠晴、我果然還是很討厭你《私やっぱりあんたのこと大嫌い》」

芽衣が腕を振るうと同時にぐるりと視界がひっくり返った。

遅れて、事態を把握する。

卓袱台《ちゃぶだい》が真っ二つに割れている。木製だが、分厚くて、そんなに簡単に壊れるような代物ではない。よく見ると床にも大きな亀裂が入り、穴まで空いている。

そして正治の体はひっくり返っている。

目の前に、詠晴が背を向けて立っているのが分かる。

肩が痛む。正治は、詠晴に思い切り突き飛ばされてこのような体勢になったのだ。

「わざわざそんなことを言うために言葉を練習したの？　私が昔言ったこと、そんなに気にしてた？」

詠晴は落ち着いた声で言う。口角が上がっているのが正治の位置からでも分かる。しかし、きっと微笑んでいるわけではない。詠晴は芽衣から視線を外さなかった。

正治には、何も分からなかった。

どうして、妻が、理解のできない言葉――おそらく台湾語で話したのか。詠晴だって日本語を話しているが、まるで意味が分からない。そして何より、妻が、この細腕で、卓袱台を叩《たた》き割り、床に穴を空けたことが信じられない。どうして、よりも、どうやって。そんなこと、できるはずがない。

「気にしてないよ。でも、本当にあんたのことは嫌いだなと思った。なんであんたまで日本にいるの」

「本当に信じられない。臭いでほぼ確信していたけれど、あなた、虫に」

「うるさい」

芽衣の手が目視できないくらい早く動いた。詠晴が身を捩《よじ》ってそれを避《よ》ける。それでも芽衣の手は詠晴の上着を掠《かす》り、繊維が空を舞った。

詠晴は正治の手を引き、飛び退《すさ》った。

目の前のファンタジーのような光景が信じられず、正治の口から「芽衣」という言葉が漏れる。しかし彼女は本当に「芽衣」なのか、それすらも信じられないのだ。

華奢《きゃしゃ》な体格と、あまり主張の強くない顔立ちは変わっていない。

それでも、変わっていないのはそれだけなのだ。

ぎらぎらとした目も、額に浮き出た血管も、噛《か》み合わせるたびにギチギチと不快な音を立てる顎も、出会ってから今まで一度も見たことがない。

溢れて止まらない嫌悪感は、芽衣が身汚いせいだけではない。芽衣を見ていると、生理的不快感で脳を直接揺さぶられているような気分になる。気持ちが悪い。吐きそうだった。

「芽衣、あなた、もし少しでも」

「ねえ、正治さん」

芽衣は詠晴を完全に無視して、正治に声をかけた。

「どう？　私いま、なんでもできるけど」

芽衣の口元が糸を引いている。粘性の唾液が、顎を鳴らすたびぼたぼたと垂れ落ちている。眩暈《めまい》のするような気味の悪さで、何か言葉を発そうとしても、呻《うめ》くような音が出てくる。

「一人殺したくらいで光の速さで調子に乗るのね。一人ではなんにもできないくせに」

詠晴があくまで冷静な声で言い捨てた。

殺した、と聞こえた気がする。正治が敢《あ》えて考えないようにしていたことだ。信じたくない。しかし、芽衣の体から顔まで飛んだ血の跡は。この血は母のものなのでは——。

「私が用があるのは虫に、ですよ。虫、どこにいるの」

言い終わるか終わらないかのうちに、ゴン、と重い音がした。

詠晴のすぐ横に、何かが落ちている。正治は回らない頭であれが何であるか考え、思い出した。キッチンにあった石臼だ。曾祖母《そうそぼ》が若い時に使っていたと昔祖母が教えてくれたことがある。今は置物と化した石臼だ。重くて動かすことが難しいので、放置されていたもの。

それが音を立てて、ごろごろと回っている。芽衣が投げつけたのだ。

「何をするのよ。当たったら危ないじゃない」

口調ばかりは冷静だが、詠晴の額から一筋汗が流れている。

「そういうところが大嫌い。ずっと上から目線で。親切にしてくれたのも、同情からだって今なら分かる。なんであんたに私たちを見下す権利があるの」

「私たち……ね。分かった。どうしてもそういう態度なら」

また、重い音がした。芽衣が片手で石臼を拾い上げ、それを振り回しているのだ。詠晴は竹のような体をしならせて、それを避けている。正治は目の前の光景が現実のものとは思えなかった。

「出直すわ。話が通じない」

突然、首が締まるのを感じる。部屋着の首元を後ろから引かれているのだ。正治は何が起きているかも分からないまま、自分の意志とは無関係に立ち上がらされた。

「あなたのご主人と一緒にね」

詠晴の声に被せるように、地鳴りのような叫び声が響いた。鼓膜が痛むほどだ。

「走って」

鋭い声でそう言われ、我武者羅《がむしゃら》に足を動かして、逃げる。

夢か現《うつつ》か分からない。

ただ、あそこにいるのは、もう自分の妻ではない。


芽衣は追ってこなかった。

追ってくる、などと妻に対して思ってしまったということは、もう正治は彼女のことを同じ人間だと思っていないのだ。

とにかく無我夢中で滅茶苦茶に足を動かした。ところが急に、「この辺で止まりましょう」と言われたのだ。

もうずいぶん家からは離れた気がする。ここは通学路だ。小・中・高と、ここを歩いて、三十分以上もかけて学校に通った。

ぜろぜろと気管支から音がして、酸欠で目が回る。こんなに走ったのは学生のときだってない。というか、運動で走るのとは全く違う、命からがら、という言葉が似合うような走りだった。横目で詠晴を窺《うかが》うが、彼女は少し速く呼吸をしている程度だ。

「正治さん」

「はいっ」

裏返った声を聞いて、詠晴が少し笑った。

「こちらへどうぞ」

緩んだ表情のまま、詠晴は正治の腕を引き、とぷん、と地面に沈んだ。

そうとしか表現できない。

気付くと、正治は全く見覚えのない部屋の中にいた。

コンクリートの壁に囲まれた空間に、今正治と詠晴が腰かけている白いソファーと、簡素な作りの折り畳み式テーブルが置いてある。

窓はなく、外の様子も分からない。

「ここは……」

「知り合いの家ですよ、ここは地下室」

「はあ……」

薄暗い照明がこの場所の閉塞感を増幅させている。

「知り合いなんて……詠晴さんは、岐阜県にまで」

「ええ。さっき言ったでしょう。色々な顧客がいるの。それと、詠晴と呼んでくださってかまいません。あなた、年上のようだし」

急に女性を呼び捨てにするのは少し抵抗があるが、何も言い返す気がしなくて、正治は曖昧に頷《うなず》いた。

「好《ハオ》。ここは、あなたが想像しているような、超能力で作った空間とかではなく、本当に民家の地下なんです。場所だってあなたのお家《うち》とそう離れていない。大きな電器屋の右に通っている道があるでしょう。そこをまっすぐ行くと赤い屋根の家が見えるはず。その向かいの」

「電波ハウス……あっ」

正治は慌てて口を押さえた。しかし、出してしまった言葉を引っ込めることはできない。

「電波……？　どういう意味です？」

電波ハウス、というのは言葉を選ばずに言えば、頭のおかしい人間が住んでいる家、という意味だ。

そこは、正治がまだ小学生の頃から既に有名で、男性が一人で住んでいる。

なぜ有名かというと、それは家の外観に原因がある。

外壁にびっしりと、張り紙がしてあるのだ。

一つ例を挙げるなら、

『一億総被害者！　外テキからの侵略は既に始まっている！』

このようなことを特徴的な字体で書いてある紙が、何枚も何枚も張ってあるのだ。

あの家に一人で住んでいる男は電波だ。

要は、頭のおかしい、危ない人間という意味だが、周辺の住人は警戒しつつも、少し面白がっているようなところもあった。

正治にとってその男は危険というよりもむしろ哀れな人間に見えたから、面白がるような態度は良くないのではないかと常々思っていたし、学生時代に行われていた電波ハウス訪問チャレンジという、用もないのに家を訪問してチャイムを鳴らし、家主がどんな反応をするのか楽しむという遊びにも参加しなかった。

「正治さん？」

「あ、ハイ、すみません……電波というのは、失礼ながら、様子がおかしい人のことで」

「様子がおかしい……ふふ、そうね。そうかもしれません」

詠晴は気分を害した様子もなく、にこにこと笑っている。

「ノアズアークをご存知？」

聞き覚えはあるものの、すぐには出てこない。

「聖書のエピソード。神は、人間の堕落に愛想が尽きて、洪水でいまいる人類を押し流すことに決めるの。唯一、正しい人であったノアだけにはそのことを伝えた。そして、洪水に耐えうる船を作るようにと。ノアは」

「あ、ああ、知ってる、知ってます。ノアの方舟《はこぶね》」

「そう。ノアが、他の堕落した人々からどういう目で見られ、どんな扱いを受けていたか分かるでしょう。正しい人は、そうでない人たちからは、奇異に見えるものよ」

「それは違うだろう」

正治は思わず口を挟んだ。

「正しくない人間が全く間違った行動をしている場合でもそれは」

「どうでもいいでしょう」

詠晴は冷たい表情で吐き捨てるように言う。

「あなた、自分に起こっていること、把握している？　大変なことですよ」

お前が変なたとえ話をしたのだろう、と言う気力はなかった。そのとおりだ。

考えたくないが、怪物のようになってしまった自分の妻に、自分の母が殺された。

あり得ないことだ。それでも、状況的に、そう考えるほかない。

「ごめんなさい」

詠晴は急に労《いたわ》るような表情をして、正治の肩に手を乗せた。咄嗟《とっさ》に振り払っても、嫌な顔をすることはなかった。

「私、配慮が足りませんでしたね。混乱していて、悲しい、辛《つら》いでしょう。私がお伝えしたかったのは、とにかく、この家の方のおかげで、ここにいる間は、アレに見付からないということ」

「アレ、って……」

「虫」

「虫……ってなんだよ」

「それは、私より、彼の方が説明が上手ですよ」

がさごそと音がした。

音のする方に顔を向ける。

髪の毛が見えた、と思った瞬間、鼻腔《びくう》を悪臭が衝《つ》く。先程の芽衣から発せられていた臭いとは違う、ストレートな悪臭だ。長いこと風呂に入っていない人間特有の、アンモニアやら皮脂やら、そういった人体の悪臭。

正治は顔を顰《しか》める。

ぼさぼさの長い髪。白髪交じりだ。伸ばし放題の髭《ひげ》には、埃《ほこり》だか、食渣《たべかす》だか、なにかごちゃごちゃと纏《まと》わりついていて、目を逸《そ》らしたくなるほど不潔感がある。

顔立ちなど確認したところで、いつも電波ハウスの住人として遠巻きに見ていただけだから、記憶の中の住人と一致するとは思えない。

服はところどころ汚く黄ばんでいて、そこからも悪臭が漂うようだった。

正治が何も言えないでいると、詠晴は呆《あき》れたように溜息《ためいき》を吐《つ》いた。

「混乱していても、挨拶くらいはできるのでは?」

言葉を吐き出そうとすると息を吸うことになる。すると、鼻腔から臭気が侵入してきて肺まで通る。こんにちは。ありがとうございます。お邪魔しています。なんとかそういうことを言おうとしても、呻き声のような濁った音が出て来るだけだ。

「大丈夫」

目の前の男からは、意外にも若々しく落ち着いた声が発せられている。

「大丈夫。無理もない。私を見たら、みんな何も言えないでしょう」

正治が男性のことを目も当てられないほど不潔だと思っていることに気付いた上で、こんな言葉をかけてくる。寛大で、優しい人間なのだろう。しかし正治は彼の爪に、褐色の何かが詰まっているのを見て吐きそうになる。人間は見た目じゃない、というのは綺麗《きれい》ごとだ。外側は内側の延長であり、このような外側を持った人間にまともな内側があるとは思えない。

「こちら、村主一雄《すぐりかずお》さん」

詠晴が言った。そうだ。村に主と書いてある表札には覚えがあった。ムラヌシではなく、スグリと読むのだ、ということは、今この時まで知ることもなかった。

「あなたの言う電波ハウスの住人で、日本人で唯一、知っている人だわ」

「知っている……？」

正治は阿呆《あほう》のように鸚鵡《おうむ》返しをする。

「何を知ってるかというと、虫のことよ」

正治は詠晴の表情を窺う。彼女は村主の不潔感や悪臭を全く気にしている様子はない。

「日本にも虫はいるらしいです。どうも、台湾のものとは少し違うみたいだけれど、もしかしたら何か参考になるかと思って、定期的に連絡しているの。まさか、あなたの奥様が嫁いだ先と、村主さんがいる場所が同じだなんて、こんな偶然あるかしらと、私もびっくりしているんです」

ねえ、と、同意を求めるように詠晴は村主に向かって顔を傾けた。

村主も頷く。

「ええ。このあたりはもうほとんどいないけれど、まだ全国にはたくさんいます。先月は熊本で」

「待ってくれ、さっきから、なんなんだ。ちょっと失礼じゃないか」

つらつらと話す村主に向かって、正治は思わず口を挟んだ。

「失礼？　何がです？」

「人の家内に向かって、虫虫と。詠晴さん、あなたの言っていることはよく分からないけれど、それでも、芽衣のことを虫、と言っていることだけは分かる。失礼じゃないか」

「事実ですよ」

詠晴は全く口調を変えず、

「目を逸らしても起こったことは変わりません。正治さんもその目で見たじゃないですか。どこの世界にあんな人間がいるというんでしょう。腕が伸びたり、ガチガチと顎を鳴らしたり、体重と同じくらいの重いものを振り回したり、高く飛び上がったり、簡単に人を殺したり」

人を殺したり。

その言葉で、正治は思い出す。母親のことだ。

芽衣の様子、詠晴があのとき言っていたこと。

母親は、本当に芽衣に殺された――考えたくもなかった。

母親と芽衣が全くうまくいっていないことは、いくら仕事で家を空けていることが多くても分かっていた。

三人で食卓を囲んでも、芽衣はほとんど食事に手を付けない。

いつも目線を地面の方に落として、時折びくびくした様子でこちらを見る。

正治にとっては怯《おび》えた小動物のようだと思える些細《ささい》なことだが、母親はそんな態度が気に入らないようで、

「まるでこちらが悪いことをしているような気分になる」

とよく言っていた。

母親が嫁イビリをしていたとは考えたくないし、そうは思わない。積極的な嫌がらせや、厭味《いやみ》などはなかった。

ただ、芽衣のおどおどとした態度に苛ついたのだろう、母親の口調はたしかにきつかった。だから気付いた時には毎度、「もう少し優しく言ってくれ」と注意もしていた。しかし本当のところ正治も、何も起こっていないのに、被害者のような態度を取る芽衣の方が悪いと思っていた。

知り合いのいない田舎に来て、母親と同居までしてもらっているのだから、百パーセント妻の味方をしなくてはいけないと分かってはいても、もしかしたら本心が態度に漏れ出てしまっていたのかもしれない。そういう正治の態度が芽衣の孤独感を加速させ、結果的に母親への恨みが募って、最悪の事態を招いてしまったのだろうか。

いや、そもそも、母親は本当に死んだのだろうか。

「あの」

冷静な声で思考は中断される。

「とりあえず、虫、という一般的に印象の悪い言葉を使ってしまったことは謝罪します。気分のいいことではないでしょう。でも、正治さん、あなたには、知る権利と、考える義務があります。あなたの奥様がどういうものになってしまったのか。そして、どうするのか」

村主と詠晴はじっと正治の顔を見ている。

思考がまとまらない。何も分からないし、考える気もしなかった。

正治は「聞きます」と短く言った。

話を聞いて判断する気などなかった。思考を放棄して、人任せにしたかった。

村主は言った。「長くなりますが聞いてください。今からさかのぼること三十年前の私の体験です」


虫についてどの程度ご存知でしょうか。

蟻《あり》。蜂。蝶《ちょう》。百足《むかで》。蜘蛛《くも》。蚯蚓《みみず》。

虫と言われるものは多く存在しています。

地球上に生きる生命のうち、最も多く種類が存在しているのは虫だそうです。

最も古い虫はトビムシと言って、約三億七千年前に発生したそうです。この虫は今も絶滅せず存在しています。2〜3㎜程度の黒い虫で、湿ったところを好み、家の中にも存在しますよ。トビムシが発生してから、七千万年の間、なんと他の虫の化石は見付かっていません。そして七千万年後、急に、硬い外殻や、飛ぶ翅《はね》を持つような、様々な形態の虫が多く発生したのです。どれもこれも、トビムシとは全く似ていません。化石も残っておらず、原初の種と全く似ていない――つまりどういうことかというと、どうやって進化したか、それが分からないのです。

恐ろしいですよね。

虫はどこから来たのでしょう。尋常な生き物ではないと思います。

まず、体の組成からして、尋常な生き物ではありません。

私たちは人間です。身近な動物、例えば、犬やら猫やら、鳥や魚やカエルだって、ほとんど同じ、似通った構成をしています。背骨があり、骨格があり、内臓を守っています。

しかし、虫はどうでしょうか。骨格がないのです。

目だってそうです。単眼と複眼。

呼吸器も生殖器も、虫は明らかに他の生き物とはかけ離れています。

益々《ますます》恐ろしいのが生態です。

虫は変態をするでしょう。

幼虫、蛹《さなぎ》、成虫、恐ろしいほど見かけが変わります。蛹の状態など、考えるだけで悍《おぞ》ましい。

奴《やつ》らは、体を溶かし、その中に収めているのです。このような変化をする生き物が他にあるでしょうか。

どうしてこのような生態なのか。そう考えると、すぐに分かります。

奴らは元から、この世界にはいなかった存在なのです。

違う場所から来た、あり得ない生き物だから、あり得ない生態を持っている。こう考えるのが自然です。

我々にとって生き物の定義とは、外界と膜で仕切られていて、代謝——つまり、外から取り込んだ物質を使い存在を維持し、自己複製する存在のことです。それは、いかに違う場所から来たとて、虫も同じです。

同じだからこそ恐ろしいこともあるのです。

虫は、我々を取り込むことがあるということです。

我々を取り込み、我々と外見の似通った複製品を作ることがあるのです。

それを何と呼べばよいでしょうか。私は虫人間と呼んでいます。

虫人間は外見は我々と同じです。しかし、本質的には虫なのです。

例えば、首を落とされても生き続けることのできる生き物は存在するでしょうか。

人間は、もちろんできません。死にます。

しかし、虫人間は死にません。

虫は異常な生命力を持っているでしょう。

無邪気な少年だったころ、少年特有の残酷さで、虫を弄んだことはありませんか。

頭を捥《も》がれても動く虫。そうです。絶命せず、動き続けることができる。

虫人間は、人間に似ているだけなのです。虫人間の頭を落としても、死ぬことはありません。

私が最初に見た虫人間は、若い男の姿をしていました。高校生くらいに見えました。

遠目にもすぐに分かりました。

人間の基準で言うと、容姿は完璧でした。頭が小さくて、手足が長くて、爽やかな俳優のような顔をしていました。しかし、その長い手足も、高い鼻も、涼し気な目元も、やや厚い唇も、何とも言えない雰囲気があって、不気味でたまりませんでした。とにかく、容姿は「美しい」という範疇《はんちゅう》なのに、吐き気がするほど不気味で不安をかきたてられるのです。だから、どうしてだろうと、私はそれを観察することにしたのです。

虫人間は、学校に通っているようでした。学生服を着て、大きなスポーツバッグを肩にかけていました。いえ、本当のところは分かりません。学校に通っているフリをしていたのかも。しばらく観察しても、どうしても不快感はぬぐえませんでした。歩く様子さえ、人間の真似事《まねごと》にしか見えませんでした。

そうやって観察していくうちに、虫人間の巣が分かりました。

この近くの遊歩道をずっと下って行くと、貯水池があるでしょう。虫人間の巣はそこにありました。虫ですから、本能に従って水の確保をしていたのかもしれません。

虫人間の巣は、想像を絶する悍ましさでした。

色々な顔で、色々な大きさの虫人間たちが、長い舌を使って、赤黒い、肉のようなものに群がっていました。よく見ると、鳥の死骸のようでした。

私は思わず、石を投げていました。

石は見事に虫人間の一人の額に直撃し、倒れ込みます。

私は、石が命中したときのぐにゅりと沈み込むような皮膚の動きを見て、一瞬で後悔し、木と木の間に身を隠しました。

その場で息をひそめていると、カチカチと石を打つような音がしました。

カチカチ、ギシギシ、そんな音がしています。

虫人間です。虫人間は顎を鳴らして、石を投げた者を探しているようでした。

その中には、私が観察していたそれもいました。美しく弧を描いていた唇は上下に大きく開かれ、中のぐちゃぐちゃとした、内臓のようなものが光っていました。

私は吐き気を堪《こら》え、何も考えずただ全速力で走り、人通りの多い場所に出ることができました。

どうにかこうにか、逃げることができたというわけです。

帰ってきた私を見て、もう半分ボケかかっていた祖母が「汚い」と言ったのを覚えています。

「一《かず》ちゃん、あんた、どこに行ってたの」

私が素直に貯水池のところ、と答えると、祖母はますます厳しい口調で私を叱りました。

「小さい女の子が行方不明になって、まだ見付かってもいないでしょう。人のいないところで遊んだらだめって、何度も言っているでしょう」

確かに、当時、同じ町内の女の子が行方不明になる事件がありました。女の子が評判の美少女だったこともあって、変質者がそういう目的で誘拐したのだろう、ということになっていましたが——祖母の口から女の子の話を聞いて、閃《ひらめ》いたことがありました。

見たことを何度も頭の中で反芻《はんすう》しました。虫人間たちは獰猛《どうもう》で、鳥の死骸を吸っていた。間違いない。あの女の子を手にかけたのも、虫人間たちなのだ。

あの女の子の柔らかい部分を、悍ましい顎で食いちぎり、そこから血を吸った。そう確信しました。

「おばあちゃん、虫が寄って来ないもの、何かある？」

唐突にそんなことを聞かれた祖母は戸惑っているようでしたし、樟脳《しょうのう》だとか、蚊取り線香だとか、そんなことを言いました。

私が納得していないのを見ると、

「その花のところには虫が来ないわねえ」

と、教えてくれました。

祖母が指さしたのは、縁側に置いてある鉢に植えた花弁の白い花でした。

顔を近付けると、なんだか重くて甘ったるい匂いがしました。

私はその日から、虫人間を倒すための特効薬を作るようになりました。

花弁を煮詰めてできた液体というだけですから、特効薬なんて言ったら大げさかもしれませんが、幼い私にとってはそうだったのです。

そして、祖母に厳しく言われたのにも拘《かか》わらず、私は貯水池のある場所——つまり、虫の巣に行くことをやめませんでした。

虫人間たちを遠くから観察したのです。

動きは早く、力も強く、普通の人間では到底太刀打ちできないだろうなと感じました。

虫人間を観察するのと同時に、私は虫についても少し調べました。

そして、虫の中には群れを形成するものがいる、ということに気が付いたのです。蟻だとか、蜂だとか。虫人間たちはいつも複数で行動をしていましたから、きっと虫人間も群れを形成していて、それぞれ役割があるのかもしれない。そう考えました。

そうなってくると厄介です。ただでさえ強いのに、それが複数いるなんて。まず、群れから誘い出して、孤立しているところを狙わなくてはいけません。

それからまた観察して、私は虫人間ひとりひとりの行動パターンを学習しました。

そして、試しにやってみることにしたのです。

虫人間たちのうち、人間の女性の外見、いかにも弱々しい印象のものは、生き物の血を啜《すす》ったあと、ひとり離れたところで排泄《はいせつ》します。

私は観察に観察を重ねて、ついに実行することにしたのです。

その虫人間が立ち上がり、群れから離れ、がさがさと不快な音を立てて歩いて行きます。

私はそれが一番多く排泄する場所であるところで待ち伏せをしました。

虫人間は何も知らず、しゃがみ込みます。

私はその瞬間、家から持ってきた包丁で、虫人間の首を切りつけました。私はよく祖母と時代劇を観《み》ていまして、罪人というのは、斬首されるものだと思っていましたから。蟹《かに》の関節部分に上手《うま》く鋏《はさみ》が入り、パキッと気持ちのいい感触があることがあるじゃないですか。そのときみたいに、虫人間の首はパキッと音がして、面白いくらいあっさりと取れました。

私は確かな手ごたえを感じました。

やった。こうすればいいんだ。特効薬を出す間もなかった、と。

しかし、今になって思えば、本当に馬鹿でした。虫人間は、虫なのです。

私たち人間は、もし頭を切り離されてしまったら、当たり前のことですが死んでしまいますね。

しかし、虫は違います。首を切られたところで、動くのですよ。

首を落とした虫は、両手を探るように動かし、落ちたばかりの頭を摑みました。

私は大声で叫びそうになりました。

ゾンビ映画を観ているような気持ちです。死んだはずのものが襲い掛かってくるのですから。

目の前の虫人間は不気味に伸びた細い腕を使って、今まさに頭を元の位置に戻そうとしていました。

脳内に、血を啜られていた生き物たちの光景が再生されます。

私は奴らを観察していくうち、何匹も何匹も、動物が惨たらしく殺されていることも目撃しました。当時、町内で起こっていた猫の行方不明事件は全部、虫人間の仕業だったんですね。隣の家の飼い猫だったミケが吸われていたときは、泣いてしまいました。虫人間たちはね、生きたまま、腹に口を挿し込んで、そこから血を啜るのです。音を立てて。

もし捕まってしまったりしたら、私も――考えたくもないことです。

私は無我夢中で鞄《かばん》の中を漁《あさ》り、特効薬の入った瓶を手に取って、虫人間の頭目掛けて吹きかけました。

ギイ、バチバチ、と耳が穢《けが》されるような音がしました。思えばそれは、誘蛾灯《ゆうがとう》に引き寄せられた虫が焼かれるときの音に似ていました。私はあまりにも悍ましいので、虫人間を見ずに吹きかけたのですが、その音で咄嗟に視線を向けました。

虫人間はのたうち回っていました。

ギュワとか、ギュアとか、そんな感じの気持ちの悪い声を出して、虫人間はごろごろと転げまわっています。

気持ちが悪い。

本当に気持ちが悪い。それしか考えられなくなりました。

人間に似ていたとしても、それは似ているだけで、やはり本性は気持ちの悪い虫なのです。

気持ちが悪い虫を見たら、普通の人間はどう思うでしょうか。潰したい、消したい、そう思うのが普通なのではないでしょうか。

私は普通の人間ですから、そう思いました。

持ってきていた包丁で、今度こそ再生することが絶対ないように、首を切り刻み、欠片《かけら》をそれぞれ遠くに散らしました。

虫人間の破片は、軽くて、カサカサとしていました。体の中には、黄色くてぶりぶりとしたものが詰まっていました。見せたいくらいですよ。残念ながらそのときは小型のカメラなんて持っていませんでしたが。それに、持っていたところで、本当に気持ちが悪いものですから、撮ることはなかったかもしれませんね。

虫人間の中身が不気味であったことともう一つ私が分かったのは、虫人間は小学生の私でも倒せるということ。そして、特効薬は本当に効果があるということです。

特効薬で弱らせ、完全に殺す。いや、ひょっとすると、もっと特効薬を濃く作れば、弱らせるのではなく、完全に殺すこともできるのかも……そんなふうに考えました。

そこからの毎日は、特効薬の製法の試行錯誤、それと虫人間の討伐に明け暮れました。

五匹ほど倒したところで貯水池の側《そば》には虫人間が近寄らなくなってしまったのですが、私は執念で虫人間を捜し歩きました。

そもそも、私が最初に見た、顔の綺麗な高校生——に見える虫人間を倒すことができていなかったのです。

その虫人間は貯水池のところの巣がなくなった後も、何食わぬ顔をして歩いていましたから、見付けるというか、いましたね。

虫人間の後をつけると、昔学校のあった場所に着いてしまいました。

そのときは、日が落ちてしまいましてね、さすがに親が心配するので出直そう、と考えていて。

一瞬、ほんの一瞬だけ目を瞑《つぶ》ったんですよ。

消えていました。

目の前からいなくなっていたんですよ。

慌てて辺りを見回して、それでもいなかった、どこに——

私はふと、体を捻《ひね》りました。カン、としか言いようがありません。虫人間にははるかに劣りますが、人間にもそういう本能があるんですよね。

それで、私の体の横を、何かが通り抜けていきました。

同時に、頬に激烈な痛みが走ります。

悲鳴が漏れたと思います。

あの虫人間。つまり、目が大きく涼やかで、鼻筋が通っていて、下唇がふっくらと盛り上がっていて、美しい少年という見た目をした虫人間です。

それが、私を見ていました。

くらくらしました。顎をがちがちと鳴らし、翅でも動かすようにまばたきをするそれは、あまりにも美しかった。しかし、決してそれが理由ではありません。

とてつもない悪臭が鼻腔を衝きました。

他人の口臭だとか、不衛生な便所の臭いだとか、そういったものではありません。嗅ぐだけで不愉快で、気分が重くなってしまうような悪臭なのです。

虫人間は口腔からだらだらと涎《よだれ》を垂らして、一言も発さずに私を観ていました。ぽたりと垂れ落ちる涎からも臭いがします。気絶しそうでした。

もしかして、悪意の臭いなのかもしれません。悪意に臭いがあるのだと、今はそう思います。人間への悍ましいまでの悪意。それが虫人間を見分ける最も有効な方法かもしれません。

美少年の皮が少し盛り上がりました。

右目の上が盛り上がり、眼球がぐるりと上方に転がります。

蟷螂《かまきり》のような下肢の筋肉が音を立てるくらい隆起しました。

これは、私に向かって、飛び掛かろうとしている。

飛び掛かり、押し倒して、そうすると、美しい白い歯の奥から、大蚯蚓《おおなめくじ》のような舌が出て来て、私の歯を割り、喉奥まで侵入し、内臓を破壊して突き進み、私は吸われ、人間標本のようになってしまう。

私は特効薬の入った瓶ごと、虫人間に投げつけました。

そうするほかなかった。

特効薬を作るのは大変で、何時間もかかり、白い花も数えきれないくらい必要だから、霧吹きの付いた瓶に入れ、水で薄め、大切に大切に使っていたけれど、そうするしかなかったのです。

私が今こうしてお話ししているのですから結末は決まっていますよね。

虫人間は死にました。

私が最初に討伐した個体を始め、他の虫人間たちのように醜い鳴き声を上げることもなく、ぱたりと倒れていました。

双眸《そうぼう》は開かれ、零《こぼ》れ落ちそうな色素の薄い瞳は、光を追っていません。

ぽってりとした唇の周りが少し濡《ぬ》れていました。悪臭のする涎だったのでしょう。

「あんなに顎を開くからだよ」

私はそう言ったのだけれど、誰もいなかったから、その声は空に吸い込まれていきます。

虫人間の指は蜉蝣《かげろう》のように、少し透き通って見えたので、触ってみました。気持ち悪いものをわざわざ見てみたい気持ちは誰にでもあるのではないでしょうか。五感を使って確かめないと、堪《たま》らないような気持ち。私ははあはあと息を切らせて、それの中指と薬指の股に、自分の小指を挿し入れました。

あのとき以上に気分が悪くなったことはありません。私はその場に膝をついて、げえげえと吐きました。

虫人間は、崩れるのです。

ぼろりと崩れ、カサカサとした感触は筆舌に尽くしがたい。虫人間を討伐するときはなるべく軍手をはめようと決意したのもそのせいです。

私は口の周りに嘔吐《おうと》物を付けたまま、半狂乱で虫人間の死体を蹴りました。

蹴った側からぼろぼろと崩れ、また私は吐き戻すのですが。

虫人間がすっかり塵《ちり》になったとき、私の吐き気は治まっていました。

私は達成感でぼんやりとしたまま帰路につき、どこをどう歩いたか分からないのに家に到着していたのです。

「臭いっ」

入るなり、祖母が大声で喚《わめ》きました。

「臭い臭い臭いっ」

そう言いながら、目を剝《む》いています。そのまま目玉が落っこちるのではないかと思ったくらいです。

異様な声に気付いた母が廊下に出て来て、遅れて父も続きます。

これは大変なことになった、と思い、もう一度祖母に視線を向けると、祖母は床に伏していました。

その数日後祖母は亡くなりました。心臓の病のせいだという話でしたが、実際はどうなんでしょうね？

あの、美しい姿をした虫人間を討伐してよかったことは、町内で起こっていたペットの行方不明事件がなくなったということです。

それと、父や母も、私のことを「臭い」と言ったことですね。それがよかったことか？　と思うかもしれませんが、つまり、虫人間の独特な悪臭を感じるのは私だけではないということです。

虫人間は悪辣な存在なので、私はまた特効薬を作って、バスで数十分ほどかかる別の場所へ行き、虫人間を探しました。悪臭がしますから、すぐに分かりましたね。

そうやって、高校を卒業するくらいまでは、年齢を重ねるごとに行動範囲も広がっていって、沢山の虫人間を討伐していたんですけど、ある日家に帰ってみたら、母親が死んでいたんですね。

虫人間がやったかどうか……私はそう思っています。絶対です。でも、世間的には、やはり心臓の病ということになっています。私は少し思うんです。虫人間は毒電波を発していて、その影響でじわじわと生きる力を奪われる人間がいるんじゃないかと。これは考えすぎですか？　でもね、悪意って、ずっと浴びていたら、体調が悪くなるでしょう。毒電波のようなものですよ。虫人間はどう考えても、排除すべき存在なのです。

それでより一層覚悟が決まりました。

私は虫人間の危険性を皆さんに広め、この世から虫人間の居場所を奪おうと思いました。父は私のことを不気味に感じたようで、散々正気に戻れと言いましたけれどね。私はずっと、ずっとずっと正気ですよ。

特に、臭いのことを注意されたりもしましたが、こうやって汚い格好をして体も臭くしているのは、その方が虫人間の目――いや、触角か？　いずれにせよそれを晦《くら》ませることができるからですよ。狩り続けているうちに、情報でも交換しているのか、向こうから逃げるようになってきたので、これも工夫です。仕方のないことなんです。

自分語りが長くなりましたね。あなたのお家の話をしましょう。

少し前からあなたのお家から、虫人間特有の臭いがしました。いえ、その少し前からかもしれません。猫が沢山行方不明になる事件があったでしょう。私の中ではその時点でほぼ虫人間と決まったようなものですから。

それで、虫人間がいないかどうか、観察していたのですが、なかなか姿を確認することができませんでした。

どうしたものかと思っているときに、詠晴さんからご連絡をいただいたのですよ。正体は、台湾の虫人間ということで、なるほど、と思いました。見付からなかったのも、そのせいかもしれません。

しかし、奇妙です。あなたの奥様も、虫人間になったということなんですか？

私が長年討伐してきた虫人間たちは、生まれたときから虫人間でしたよ。群れ、というか、人間のように家族を作って暮らしている虫人間もいましたし、孕《はら》んでいる虫人間の雌もいました。中身はやはり虫人間の赤子でした。

途中から虫人間になったやつなんて、見たことないんですよ。

それでも、あなたの奥様は、虫人間の臭いがします。ですから、詠晴さんの、「虫のせいで人間も虫になった」というのは、本当のことなのでしょう。

虫人間になってしまったということなら、やることは一つです。討伐です。

虫人間は排除すべき存在ですから。

動物を襲い、悪臭を撒《ま》き散らし、人間だって手にかけるのです。あなただって、目にしたでしょう。

あなたも、賛成してくださいますよね。

「信じられるわけない」

正治は息を吐き出すようにそう言った。

無理矢理、顔を水に押し付けられたような体験だった。息継ぎを忘れるほど面白い話、ではなく、情報をめちゃくちゃに流し込まれて、息が詰まりそうだ。

目の前の浮浪者のような風体の男は、完全にあちらの世界に行ってしまっている。

電波ハウスと揶揄《やゆ》した同級生を苦々しく思っていた、そんな自分の誠実さが踏みにじられたと感じる。

目の前の男は完全に気が触れている。

気が触れているだけならまだしも、その妄想の世界に他人を巻き込もうとしている。不愉快でしかなかった。

最も不愉快だったのは、「美少年の姿をした虫人間」の話をしているとき、村主の呼吸は浅く早くなり、目が蕩《とろ》けていたことだ。美しい少年を殺す、そんな妄想をしている、あるいは本当に実行した変質者なのではないか。もし変質者だとしたら、討伐すべきは本人だろう、そんなことを思う。

とにかく汚い。目に沁《し》みるほどの悪臭で吐き気がする。よく詠晴はなんでもない顔をして村主と話せるものだと思う。

「臭いのなんて、風呂に入らず歯も磨かない言い訳だろう。そんな理由をつけてまでしたくないことなのか」

慌てて口を手で塞いでも、取り繕うことはできない。言う必要がない言葉だと思う。しかし、自然に漏れ出てしまうのだ。息継ぎのように。

「信じなくても構いませんけど、さっき起こったことと照らし合わせて考えてみては？」

詠晴が冷静な声で言った。

「芽衣はそんな……」

何か反論をしようと思っていた。しかし、難しい。

飼い猫を含め、近所でペットがいなくなる事件が頻発していたこと。これに関しては、虫人間などという意味不明な存在に頼らなくても、悪意を持った人間でも同じようなことをするだろう。

しかし、芽衣だ。芽衣のことは——

身体能力が信じられないほど向上し、ものすごい形相で攻撃してきた。

それに、ものすごく嫌な臭いがした。

「討伐するという話ですが、私は反対です」

正治は驚いて、詠晴の顔をじっと見た。

「なぜです？　虫人間は、元は人間だったとしても、今は人を襲うバケモノですよ。げんに、彼のお母様も」

正治の疑問を代弁するかのように村主が言う。

「虫人間と村主さんが呼んでいる存在、私たちはきちんと管理して使っていたんですよ。この話、前もしたような気がしますけど」

「はい。それはそうですけど。詠晴さん、そのとき、『それでも人を襲うようなことがあれば殺すしかない』とも言っていたじゃないですか」

「そうなんですけれど、虫にも、虫の事情というものがあるんじゃないでしょうか」

「虫人間は人間ではないんですから、事情を汲《く》む必要なんてないと思いますが」

村主は心底不思議そうな顔で言った。

「害虫が作物を食い荒らしたときに、害虫だってお腹《なか》が空《す》いていたんだから仕方がないと言う人はいますか？　いないでしょう。虫人間は下手に見た目が人間に近いからそうなる人もいるんでしょうけど」

「それにね、村主さん」

詠晴は村主の話を途中で遮って言う。

「見たことないんでしょう。人間が途中で虫人間になるの。私も見たことないわ。もしどうしてそうなったか知ることができたら、もしかして、あなたの虫人間討伐も、もっと効率的に進めることができるかもしれないですよ」

村主はううん、と言ってしばらく黙りこくった。

言葉は発さないのに、口は半開きで、前歯が欠けた口腔内が見える。口を閉じてほしい、と正治は強く思った。ひどい口臭が呼吸のたびに漏れるのだ。

詠晴は何度も、「ね、いいでしょう？」と村主に向かって、媚《こ》びるように言っている。

白々しい光景だった。本当のところ、詠晴だって芽衣のことは虫で、人間ではない存在だと言っていて、排除すること自体は正しいと思っているはずなのだ。

しかし、正治はその白々しさに頼るほかない。

芽衣のことを大切にしていた、とは胸を張って言えない。仕事ばかりで寂しい思いをさせていただろうし、母親との関係にも積極的に介入することはなかった。

でも、大切に思っているのだ。

少なくとも、虫呼ばわりされて、虫のように殺されていいとは思えない。

たとえ、母を殺していたとしても。

＊

あの人は異性を惹き付けるものの、異性との交際に積極的だったわけではない。むしろ、嫌悪していた。一般的にモテる人間は、そのことによって人間関係のトラブルも生まれやすいから、というような理由ではなかったと思う。あの人はずっと男性を臭いと言っていた。

「本当に臭いんだよね。腐った水と生肉みたいな臭いがしない？」

同意を求められても人による、としか言えなかった。第一、女性だって臭い人は当たり前にいる。

あの人は父とすら会話をしなかった。父はかなり身だしなみに気を遣う方で、常に高級そうな香水の香りがしたが、あの人はそれでも臭くて近寄りたくない、と言った。私へと同じように父として当たり前の愛情を持って接していたが、彼女がそれを受け取っているところは見たことがない。もしかして父が不倫をしたのも、あの人の様子に耐えられなかったかもしれない、と思うくらいには、私は彼女のことが恐ろしかった。何か不和があればそれが全て彼女が引き起こしたことだと思い込んでいた。

それでいて彼女は、時折自分の習性を利用した。

中学生の時だったが、往来で激しくキスをしている男女がいた。どうしたって視線が吸い寄せられる。もちろん、悪い意味でだ。

顔を見ると、片割れはあの人だった。愛情が高まりすぎて決壊したのかどうかしらないが、そういうことは家でやってほしい——と、ごく当たり前の感想を持って通り過ぎようとしたが、あの人が目を開けていることに気が付いて、私は立ち止まってしまった。はあはあと荒い呼吸をしているのは男のほうだけで、彼女は唇を重ね合わせながらも、じっと男を観察していた。そして、視線をふと移動させる。目が合うかもしれない、と思い、私は弾《はじ》かれたように走って逃げた。

今見たことは全て忘れてしまおうと思ったのに、それで済むと思っていたのに、彼女は私に気付いていたようで、

「どう思った？」

と聞いてきた。惚《とぼ》けようとしても、真顔で「どう思った？」と繰り返されるから、私は、

「あんまり外ではやめた方がいいかな……」

と情けなく声を震わせた。

あの人は、

「ふうん、やっぱりそう思われるんだね。やってよかった。やっぱり気持ち悪いよね。私もそう思う。正直あんな気持ち悪いこと、家の中でだってやってほしくないけど。でもどうしても見たかったんだよね、人間が鼻だけで呼吸するところ。鼻の穴がひくひく動いてて、可哀想だった」

そう言って、何が面白いのかケラケラと笑うのだ。

彼女はそんなふうにして、色々試していた。

試して、徐々に人間に近い行動を学習しているのか、結婚するような年齢になったときには、「大人しくて真面目なお嬢さん」と周りに評されていた。


事件があって、報道があって、それから私たち『彼女の身内』はやっと「大変なことが起きたのだ」と実感したような気がする。

というのも、私たち身内、つまり両親と私は、あの人と長く過ごしたからこそ、世間の人が一瞬で思いつくような事件の全貌についても懐疑的だったからだ。あの人がそんな、普通の人間のように、姑のイビリを悲しく思ったり、恨んだりすることがあるだろうか？

世間的には、普通の常識を持った普通の人間が考えた、嫁姑問題からの怨恨殺人というのが事実とされていた。私たちが、戸惑っている間に。

そういうわけで取材を受けたところで、あまりちゃんとした反応はできなかった。だから私たちへのバッシングも大量にあった。普通の人間ならば、被害者遺族に謝罪するものだろう、と。お怒りはごもっともだが、まだ謝罪という段階まで準備ができていなかったのだ。異常な身内を持ったこともないくせに、一般的な普通の人間たちは勝手なことばかり言う。

ただ、確実にあの人がやったわけだから、謝罪が必須なのは納得できる。

確実にやった。間違いないと思う。

あの人がまだ試していないことの一つだ、殺人は。

報道の中に、彼女が別人のように弱っていた、というものもある。普通の人はそれを根拠にイビられていた、と思ったらしい。

弱いふりをして突然襲い掛かるなんて、いかにもあの人がやりそうなことだが。

あれほど臭いと言っていた男性と結婚したことから既に、彼女の仕込みだったのではないかと思っている。

いずれにせよ、殺人を試した理由は分からない。やってみたかっただけ、ということはないだろう。いつも彼女には彼女なりの理由がある。到底理解できないが。

随分経ってから、あの人が嫁いだ先では、昔から失踪事件が定期的に起こっていることを知った。見通しの悪い藪があって、古くは妖怪、最近では不審者が棲むと言われているとか。だから、一部のオカルトマニアの中では、宇宙人犯人説を唱えている人もいるらしい。宇宙人の実験場と化していて、試料にされた人間は失踪してしまう。

あの人こそ宇宙人側だろう、と少し笑ってしまった。

でも、その説を取り入れることにする。

そうすれば彼女は宇宙人に捕まって、被検体となって、全く別のものに生まれ変わらせてもらえたかもしれない。

彼女は——姉は、人間に向いていなかった。

第四章　虫が起こる

林恵君《リンフェンジュン》は暗い所で生まれた。暗く、冷たく、誰も祝福しなかった。

恵君は生まれたときから虫だった。恵君の親も、その親も、そのまた親も虫だった。虫であることに疑いはない。不満も喜びもない。虫であることは、川の水がとどまらずただ流れているのと同じくらい、当たり前のことだった。

恵君がいる家の人間は林と名乗っていた。だから恵君も林と名乗ることになった。

恵君は林の家の子供と同じように学校に通った。しかし、自分が彼女たちと同じものだとは全く思わなかった。

頭があり、胴体があり、手が二本、足が二本あって、目は二つ、鼻は一つ、口は一つ、耳は顔の両脇についている。確かにそれだけなら見た目は同じだ。しかし、それは一番外側だけのことで、後は全く違う。

「恵君、私は、あなたのこと、妹だと思っているのよ」

林家の長子である詠晴《ヨンチン》がそんなことを言ってきたときは、心底驚いた。何もかも違う存在を、どうやったらきょうだいなどと思えるのだろう。

「阿公《おじいちゃん》も阿父《おとうさん》もあなたたちのこと、道具だと思っている。それは、昔からそうだったから。でも、私はそれは間違っていると思うの。今はどうしようもないけれど、絶対、そのうち、家族みたいに暮らしましょうね」

恵君は曖昧に頷《うなず》いた。

詠晴はずっと、自分たちと同じ食べ物をこっそりと恵君のところへ持ってきたりした。同じものを食べても、美味《うま》いと感じることはないから、あまり意味はないと思ったが。

どうやら、学校に通わせようと言い出したのも詠晴らしい。

「『人に紛れ込むのだから、人がどうやって過ごしているのかきちんと分かった方が良いでしょう』と言ったら一発ＯＫだったわ」

そう言って満足げに笑う詠晴のことはやはり理解できなかった。しかし、今まで感じたことのない、あたたかいものが体に流れ込んで来るような感じがあった。それはきっと、喜びだった。

実際、自分の本性は、全く虫であるのだから、恵君は虫として、林家の道具として扱われることに不満を感じたことはない。恵君は親も、その親も知らないが、同じように虫で、他の家で仕事をしているらしい。人間と虫との関わりはそれくらいが適切なはずだ、全く違う存在なのだから。

しかし、恵君の自我は少しずつだが、変わっていった。詠晴が同じ生き物のように扱うたび、本を読みたいだとか、音楽を聴きたいだとか、そういう欲が生まれてきた。今までは、欲といっても、食べ物や飲み物、排泄《はいせつ》といった原始的な欲だけだったのに。

恵君は心のどこかで思うようになった。

姉妹になれるとは思わない。

しかし、いつか、たくさん本を読んで、勉強をして、色々なことを知って本当に彼らと同じようになることができたならば、普通の主人と使用人のような関係になれるのではないか。そう思うようになった。

その淡い妄想を壊したのは、恵君自身だった。

食事や排泄や睡眠と同様に、恵君にはどうしても抗《あらが》えない、それをしないでいると死んでしまう行為があった。

吸血だ。

祖父よりずっと上の世代で、虫たちが恐れられていたのも、このせいだ。虫は血を吸う。これは、性質のようなもので、栄養さえ足りていれば別のものでどうにかなるものでもない。そこに人間とそれ以外の区別はないから、管理されていない虫は吸血衝動が出ると、近くの血の流れている生き物を襲い、血を吸った。

恵君は林家では、豚の血を吸った。豚の足やらアバラのあたりやらを切り落としたものを与えられるから、それに口をつけ、舌で吸った。生まれたときから、生きたものの血を吸ったことはなかった。血は、不味《まず》いとも美味いとも思わない。

その日は、詠晴に誘われて外に出て、喫茶店に入った。恵君は特段、外の世界——つまり、他の学生の女の子がしているように、喫茶店に寄ってアイスクリームを食べたり、そういうことがしたいわけではなかったが、詠晴が外に連れ出してくれるということ自体は嬉《うれ》しかった。詠晴が恵君を普通の女の子として扱うために、どれだけ他の林家の人間から白い目で見られているかも、そのときにはもう分かっていた。

「私、ちょっとお手洗いに行ってくるね。阿君《アージン》はそれ読んで待ってて」

阿君というのは、恵君のあだ名だった。恵君にとって恵君というのは個体識別番号のようなものだったから、普通の女の子みたいにあだ名で呼んでくる詠晴は奇妙でしかない。それでも、阿君、と呼ばれると、やはり心の中はあたたかいもので満たされた。

「ねえ、君」

顔を上げる。恵君はよく分かっていなかったが、それは、二十代くらいの男性二人組だった。彼らは、喫茶店で見かけた美少女に声をかけたのだ。

「誰かと一緒に来てる？　彼氏？」

恵君はじっと彼らの口元を見た。

口を開くと、ピンク色の粘膜が見える。適度な厚みを持った舌が、誘惑するように左右に動く。

「ねえってば。無視はやめな？」

恵君の肩に、男の分厚い掌《てのひら》が乗る。随分筋肉質で、血管が浮き出ている。恵君は豚の肌を思い出した。死んでいて、ツヤがなくて、細かく毛が生えている。それとは違う。明らかに違う。

気付いた時には、手遅れだった。

賑《にぎ》わっていた店内には誰もいなくなっていて、恵君は床に倒され、口に布が詰め込まれていた。

ただ、心臓は脈打っていて、全身から力が湧いている。

体は拘束されていて動かなかったから、目線だけで詠晴を見た。

詠晴は深く昏《くら》い瞳で恵君を見下ろしていた。

「蟲《チョン》」

詠晴は短く吐き捨てた。虫と呼ばれても、虫であることは事実で、生まれた時からそう呼ばれていたから、傷付くことはないはずだった。

「蟲」

他の人間に言われる言葉とは違う。詠晴の言葉は、深い絶望を含んでいて、耳朶《じだ》を打つとひどく寒々しい気持ちになった。

恵君は、傷付く資格などないと分かっている。

視界の端に、人間が二体見える。見るだけで、よだれが垂れる。それは、恵君の獲物だった。

外骨格が丈夫だから死ぬようなことはなかったけれど、恵君は死ぬ寸前まで折檻《せっかん》された。臼歯を抜かれ、抜歯窩に薬品を詰められた。それが昼も夜も激痛を与え、眠ることすらできなかった。

暗い場所で一人、何日間痛みと共に過ごしたか分からない。

やっと日の光を浴びた頃には、もうあのとき感じた「生きている」という感触とその記憶は消え失《う》せていた。

そして、詠晴のことも見た。

詠晴は頬に大きな湿布を貼っていた。恵君にも分かった。きっと、自分がやってしまったことで、詠晴も折檻を受けたのだ。

詠晴が恵君の前に来た時、恵君は手を伸ばして、

「姐姐《おねえちゃん》」

と言った。その瞬間、詠晴の長い手が伸びて来て、恵君の頬を打った。

「気味が悪い」

詠晴の瞳が揺れていた。涙が零《こぼ》れ落ちている。

「何を勘違いしているのか知らない。二度とそんなふうに呼ぶな。気持ち悪い。お前は、虫だ」

打たれた頬は少しも痛くない。しかし、とりかえしのつかないことをしてしまったということだけは分かって――詠晴を、これ以上ないくらい傷付けたということだけは分かって、恵君は涙を流した。

「その涙も、人間の真似《まね》をしているだけでしょ、どうせ」

詠晴はそう言い捨てた。

それからは、恵君は虫で、詠晴はそれを使う人間だった。二度と名前を呼ばれることもなかった。

不満に思ったことはない。傷付く権利もない。

ただ、詠晴の顔を見ると、本来存在しないはずの「人間性」のようなものが出てきてしまう。恵君は詠晴と目を合わせられなくなった。こんなことになるくらいなら、人間のように一緒に話したりしなければよかったと思っていた。恵君のもっと上の世代の虫のように、仕事の時以外は暗い洞穴に押し込められていればよかった、と。

中途半端に「人間性」を得た恵君はその後も、人間と話したいという欲にたびたび苦しんだ。あのときの詠晴と恵君のような関係性は望めなくても、普通の人間と、挨拶や天気の話をしたい。どうしてもその欲は消せなかった。吸血と同じくらい。

詠晴と同じ女子高級中学に入学した恵君は、心のどこかで期待していた。全寮制で、林家もずっと監視しているわけではない。だから、クラスメイトたちと挨拶くらいできるのではないかと。

「女士《お嬢様》、クラスの子たちと、挨拶しても、いいですか」

おずおずとそう尋ねる恵君に、

「別に。私の許可なんていらないでしょう。勝手にすれば」

詠晴はさらりとそう言った。怒っているわけでもなさそうだった。恵君は安心した。

一人になれる時間に、人間の言葉を声に出して練習した。

大家好《みんなこんにちは》、好的《イエス》、不對《ノー》、謝謝《ありがとう》、沒關係啦《気にしないで》、不好意思《ごめんね》、等一下我會打電話《後で電話するね》、你想吃什麼《何食べたい》、下次見《またね》

——とにかく、色んな言葉を。聞いただけの言葉たちだったけれど。

それで、教室に入った。詠晴の後をついて、できるだけ、同じ人間に見えるように。

「很《臭》臭《い》」

恵君が教室に入った瞬間、誰彼ともなくそう聞こえた。

それは恐ろしい感染症のように伝播《でんぱ》していって、最終的には悲鳴のように、誰もが口をそろえて臭いと叫んだ。

パニック状態になった教室は、

「皆さん、静かに」

という詠晴の声でシンと静まり返った。

詠晴は長い足でゆうゆうと通路を歩き、教室の中央で止まった。

「静かに、なんて言って、お騒がせしたのは私ですね。ごめんなさい」

詠晴は口角を持ち上げて笑顔を作る。

「あなたたちが臭いと言っている臭いの元、それはね、この虫です」

視線が、一斉に恵君に集まる。詠晴は長い人差し指で、恵君を指していた。

「虫って、なに？　あなたちょっと、ひどいんじゃない」

小柄で気の強そうな少女が震える声で詠晴に反論する。

「私、イジメとか大嫌いなの。あなた美人だし、もしかして中学まではそういう感じで生きてきたのかもしれないけど、高校生にもなって、下らないわ」

「イジメ？　美人って言ってくれたのは嬉しいけど、そんなこと言うのは失礼です。私は、事実を言っただけ」

「事実って……そんなわけないでしょ。すごく可愛《かわい》い女の子じゃない」

彼女は恵君に優しい微笑《ほほえ》みを向けた。

「あなたのことが怖いのね。さっきからびくびく、あなたの方を見てる。イジメなんてもうやめましょうよ」

詠晴は大きく溜息《ためいき》を吐《つ》いた。つかつかと歩いて行き、彼女の目の前に立った。

詠晴はすでにそのときから背が高かったから、小柄な彼女は圧倒されたように詠晴を見上げた。

「な、なによ」

「あなた、優しい人だね。でも、私、いじめてなんかないよ。あれは、虫だよ。今から証拠を見せる」

詠晴はそう言うや否や、自分の鞄《かばん》から取り出した袋を、恵君に投げてよこした。

耐えられなかった。

その袋からは、血の匂いが漏れ出ていた。

袋を乱雑に引き千切り、顎を開く。舌を骨に這《は》わせ、柔らかいところに突き刺す。

喉を通って、中に入り、全身に行きわたる。

これは抗えない習性なのだ。

嫌悪の悲鳴がそこかしこから聞こえる。気持ち悪いとか、あり得ないとか、そういう声だ。

それでも舌も喉も止まらない。死骸から血を啜《すす》り続ける。

吸った血と同じくらい涙が零れる。こんなことはしたくない。この口は、頑張って練習した挨拶をする口のはずだった。挨拶ではなく、ぐじゅりという汚い水音が絶えず流れている。

「ね、分かったでしょう」

詠晴の声が高い所から聞こえた。

気が付くと、恵君は顔を血まみれにして、教室の床に這いつくばっていた。

「これは虫なの。だから、気持ち悪くて臭いの。誰だってそう感じるの。だから、悪くないし、間違ってない。イジメでもなんでもない。これは、違う生き物。だから、違うように扱わないといけない」

今度は、誰も否定しなかった。一番悲しかったのは、それでも恵君の舌は動いて、最後の一滴まで血を吸い上げようとしていたことだった。

その後、教師が教室に入って来た。

ほぼ全員の女子生徒が黙りこくっていた。それに、机と椅子は乱れ、床は血と、よだれで汚れきっていた。しかし、教師は一切表情を変えることはなかった。詠晴が全て事前に話していたからだ。

恵君はただの虫である。人間の形をしているから、人権があるだけ。人権があるという体裁のために、学校に通っているだけ。

詠晴は恵君の悪口を言って回ったわけではない。しかし、全員が見て、理解したのだ。

「どうして、あんなことをしたんですかっ」

一日を教室で、震えながら過ごした後、無理矢理二人きりになって、恵君はそう聞いた。

詠晴は面倒そうに、

「あなた、人間と仲良くなるつもりだったの?」

「はい……」

心底バカにしたように詠晴は嗤《わら》う。

「無理。あなたは虫。さっきの恥ずかしい姿、ビデオにでも撮って見せてあげればよかった。人間はあんなことしない」

恵君はぼろぼろと涙を流した。本当に浅ましく、醜い姿だろう。そんなことは分かっている。

「あなた、これ着てね」

詠晴は恵君の涙など気にも留めず、一枚の洋服を投げ渡した。赤い地で、何か経文のようなものがびっしりと書き込まれている。

「これは……」

「これを着ると、目立つし、誰でもあなたが虫だって分かるでしょう。というのもあるけど、これはあなたが人間モドキでいられる服でもある」

詠晴は冷たい目で恵君を見ている。恵君は視線に耐えられず、おずおずと赤い服に腕を通した。

「痛いッ」

焼けるような痛みが指先から上がってきて、恵君は身を捩《よじ》った。塩をかけられた蛞蝓《なめくじ》のようだった。詠晴は醜く蠢《うごめ》く恵君にゆっくりと言い聞かせた。

「痛いでしょう？　その痛みを感じている間は、血を吸うことを我慢できるはず。どうしても、人間と話したいというのなら、それを着ていなさい。人間と話すときは、必ず」

恵君は泣きながら、やっとのことで赤い服を脱いだ。

「そうね。そうするのが、いいでしょうね」

詠晴は恵君に背を向けて、去って行く。しかし、一度だけ立ち止まって、

「ごめんね。私のせいだね」

震える声で言った。

恵君は詠晴の「ごめんね」の意味が分かった。最初から持っていないのと、持っていたものを取り上げられるのは違うことで、後者の方がずっと残酷だ。しかし、恵君は彼女のことを恨んではいない。すべて悪いのは、虫だった。虫という生き物の存在自体が罪だった。

恵君はそれから、人間には近付かなかった。本当は授業だけは受けていたかったが、虫からは人間には耐えられないような悪臭がする。だから、同じ教室にいるのは諦めた。

恵君は授業を空き教室から聞いた。時折聞こえる生徒の声と、一人で会話をした。ノートを写させて、と言ってみたかった。勝手に聞いて、勝手に答える恵君の言葉はどんどん滑らかになり、上達していった。英語の授業や、日本語の授業もあるから、それらも覚えた。

きっと、色々な人間と楽しく会話をして、友達になれただろう。

もし、恵君が人間だったらの話だ。


「あなた、一ヵ月は、あの空き教室にいて、出て来ないで」

秋になって、詠晴が突然そう言って来た。今までは、行動を制限することはなかった。それは、そんなことをしなくても恵君が赤い服を着てまで人間と会話しにくることはないと考えていたし、そもそも虫特有の気分が悪くなるような臭気で恵君が近くに来ると皆去って行く。

「それは、どうしてですか……」

「留学生が来るの。日本から。もしあなたを見てしまったら、みんなの中にいるあなたを知ってしまったら、きっと面倒臭いことになる。だから、あなたはいないものになってほしい」

詠晴は恵君に顔を近付けた。途端に、恵君は蹲《うずくま》る。

これは、花露水《ファールイシュイ》の香りだ。白い花を加工した香水で、人間にとっては独特で甘い匂い、と感じるだけの代物。しかし、虫にとっては違う。嗅いだ瞬間、脳天から足に向かって突き刺されたような苦しみで死んでしまいたくなる。死に直結する劇薬だ。昔から林家の人間は、これを使って虫を使役していた。

「日本人はね、リアリストなの」

声を潜めて詠晴は言う。

「私たちみたいな仕事をしている人間じゃなくても、中華系の人間は、風水にこだわる人間が多いでしょう。それこそ、科学者だって。日本人にとってそれはとても奇妙に映るみたいね。彼らにとって、そういうものはあくまで遊びなの。真剣にとらえることではないと思っている人がほとんど。そういう人が、あなたを見たらどう思う？　あなたが虫であることはきっと、受け入れられない。それで、向こうの学校に報告するでしょうね。ひどいイジメをしているって。まあ、報告をなかったことにすることはできるでしょうけど、そんなことになる前に、あなたを見なければいい話だと思う。留学生には、楽しい気持ちで帰ってほしいでしょう」

恵君は頷いた。日本人がどういう人間かというのは、本で読んだ知識しかなかったけれど、優しくて親切な人が多いと聞く。花露水で脅されなくても、日本人に会って話そうとは思わない。優しくて親切な人間に、虫なんて見せてしまっては可哀想《かわいそう》だ。

恵君は詠晴の提案を受け入れ、指定された教室どころか、一ヵ月間寮の部屋すら出ずに過ごそうと思っていた。

しかし、いくつかのトラブルが発生して、それができなくなった。

まず一つ、水道管のトラブルで、留学生のために用意されていた部屋が水浸しになってしまったこと。部屋が完全に使えるようになるまでには二週間ほどかかるとのことで、工事が終わる前に留学生が来てしまう。

次に、二人来るはずの留学生が、一人に減ったこと。交通事故らしい。それを知った校長が、

「林恵君の部屋を一緒に使わせればいい」

と言った。

恵君は部屋を一人で使っていて、他に余っている部屋もなかったから、確かにそれは当然の指示だった。しかし、それはあくまで、恵君が人間なら、だ。

恵君は虫だから、人間とは住めない。だから、一人で部屋を使っている。

校長は、旧時代的なものを嫌っていた。迷信が嫌いなあまりに、占いも風水も敬遠していたくらいだ。童乩《タンキー》である林家の家業を馬鹿にしているわけではなかったものの、あくまで伝統芸能的なものだと思っていて、一切その神秘性を信じてはいなかった。

虫のことも、林家にはそういう呼び名、ポジションの使用人がいるのだ、と捉えていた。

「おうちでのことは分かったけれど、学校には上下関係を持ち込まないでね」

事前に説明をした詠晴に校長はそう言った。そういうことではないのだ、もう生き物として違

うものなのだと説明しても、彼女は首を傾《かし》げるだけだった。

そんなことがあって、その年の留学生、緑川芽衣《みどりかわめい》は、恵君と同室になることになってしまった。

「私、部屋には戻りません」

恵君は自ら、詠晴に言った。

「そうしてくれると、助かる……苦労をかけるわね」

詠晴はすまないと思ったのか、悲し気に眉根を寄せてそう言った。

迷信を信じないという姿勢は結構だが、その姿勢を貫くことが毎回正しいわけではない。校長にはそう言ってやりたかったが、どんなに言葉を尽くしたところで、仮に、詠晴が最初にやったように、生肉を恵君に投げ渡し、実際に吸血している悍《おぞ》ましい姿を見せたとしても、校長が「恵君は虫であり、虫と人間は関わってはいけない」と理解できるとは思えなかった。

緑川芽衣が到着した日――芽衣が、車から降りて、校舎に入ってくるとき、恵君は窓からそっと眺めていた。

顔がきちんと確認できたわけではないが、不機嫌そうに、不安そうにあたりを見回しているのは分かった。妙に気になった。体の組成から違うのに、異物の中にひとり投げ込まれているという一点で、恵君は留学生に親近感を覚えていた。ただ、それは本当に勝手な親近感だという自覚があった。実際、留学生はすぐに他の生徒たちと仲良くなっていた。遠くから見ているだけでじゅうぶんで、関わる気などなかった。

しかし、向こうから近付いてきてしまった。

恵君はその日も、空き教室でぼんやりとしながら、脳内の日本人と会話していた。こんにちは、どこから来たの、名前はなんていうの。東京に行ってみたい。

脳内の日本人はいつも、恵君に都合のいいように答え、微笑んだ。恵君はそうやって、むなしい妄想をしていたけれど、急に扉を引く音がした。

恵君は咄嗟《とっさ》に床に転がっていた暗幕を被《かぶ》った。

「あれっ」

聞こえてきたのは、日本語だった。

林家には日本人の顧客も多く訪ねて来たから、日本語を聞いたのは初めてではない。しかし、こんなに若い女の子の、なんの意図もない日本語を聞くのは初めてで、どうしてももっと聞いていたいと思ってしまう。

「教室間違えたかも」

もっと聞いていたい、などと思ったのが間違いだった。恵君は思わず、気門から空気を吸い込んでいた。

少女がこちらに気が付いてしまったのが分かった。

赤い服や、花露水を持っていたらよかった、と思った。恵君の全身から発される臭気は、人間に生理的な嫌悪感を引き起こす。

案の定、彼女は倒れてしまった。恵君は近寄って行って、その顔をじっと眺めた。

「カワイイ」

恵君の口から、思わず言葉が漏れた。台湾語の「可愛《カアイ》」ではなく日本語の「カワイイ」だ。

留学生は――芽衣は、随分幼い顔をしていた。卵型の輪郭に収まる目も耳も鼻も口も、さっぱりとしていて主張が強くない。

「こんにちは。わたしは、ふぇんじゅん。めい、よろしくね」

目を閉じたままの芽衣にそう声をかける。そんなことをしても、なんの返答もないのは分かっている。それでも、目を開けて、にっこりと笑って、「よろしく」と返してくれる、そんな妄想をしてしまう。

外から、生徒たちの足音が聞こえた。

恵君は慌てて芽衣を抱きかかえた。そのまま扉を開けて、廊下に人がいないか確認する。人影はあった。階段の前で、おしゃべりをしている生徒たちがいるのだ。しかし、こちらに来る気配はない。

恵君は廊下を挟んだ向かい側の壁に芽衣をそっともたれかからせた。

手を離すのが名残惜しかったけれど、そもそもこうして接触していること自体、そんな権利は虫にはないのだ。実際、彼女を気絶させたのは、外ならぬ恵君だ。

「さよなら、めい」

羽音のように小さい声でそう言って、恵君はすぐに教室に戻った。恵君と芽衣の交流は、これきりになるはずだった。もう二度と近付いてはいけないということは分かっていたのに、恵君はどうしても、もう一度芽衣の幼い顔を間近で見たいと思ってしまった。自分の心にさえ、「自分のせいで倒れてしまった人のことが心配で様子を見たいだけ」と嘘《うそ》を吐いた。

恵君は、寮の外壁を登り、自室の窓に辿《たど》り着いた。そこから覗《のぞ》くだけのつもりだったのだ。

部屋には煌々《こうこう》と明かりが点《つ》いていて、帰らなくなってから二日しか経《た》っていないのに、驚くほどものが散乱している。一人であることをいいことに、芽衣が荷物を整頓せず置いているということは分かった。頬が緩む。やはり、可愛いと思ってしまう。

視線をベッドの方に向ける。日は落ちていてもまだ就寝するような時間ではないから、ベッドの上でくつろいでいるのかもしれない、と思ったのだが、芽衣は手足を放り出して、うつぶせになっている。数分間じっと眺めて、本当に眠りに落ちているのだ、と分かった。

明かりを消してあげよう、と思いつく。夜十二時以降は消灯する決まりになっていて、それを破って怒られるのは芽衣だ。

恵君は地面に降り、人間がしているのと同じように階段を上って、部屋に入った。すぐに這いつくばり、様子を窺《うかが》ったが、起きて来る様子は見られない。どうやら本当に眠っているようだと判断して、恵君は電気を消した。

入って来た時と同じように物音を立てず部屋から出た。しかし、恵君はもう一度部屋に戻ってしまう。

もう一度だけ、じっくりと芽衣の顔が見たかった。

人間の顔をまじまじと見るのは久しぶりだった。コミュニケーションは取れなくても、自分を嫌悪し、去って行くことのない人間がいるというのは、とてつもない幸せだった。

見るだけ、見るだけ、見るだけ、と恵君は自分に言い聞かせた。吸血衝動はない。毎日、過剰なほどの血を詠晴から貰《もら》っている。でも、詠晴と手を繋《つな》いだときの温かさを、どうしても求めている。

「ううん」

芽衣が口を動かした。思わず飛び退《すさ》りそうになったが、寝返りを打っただけだと気付く。芽衣は目を閉じたまま、何かを咀嚼《そしゃく》するように口を動かしている。

赤ん坊のようだ、と恵君は思った。幼くて、弱くて、可愛い。

指を一本立てる。そしてそっと、つるつるとした額に近付けた。指先がじんわりと温まった。見た目と同じように、表面は滑らかで、少しだけしっとりしている。芽衣は起きない。恵君はゆっくりと、指を下に移動させる。鼻は少し硬くて、頬はもっちりとしている。そして、盛り上がった唇。少し隙間が空いていて、そこから空気が漏れている。呼吸をしている。恵君は指を二本に増やして、唇に置こうとした。触れるか触れないかのときに、芽衣の目がぱちりと開いた。

「やめてっ」

恵君は体の力を抜いて、床に伏した。そして、そのまま床を這って、芽衣と距離を取る。

ひどい後悔に襲われた。

芽衣の口から出る言葉には、他の生徒たちと同じく、あからさまな嫌悪の色があった。それは当然だ。しかし、赤ん坊のように可愛い彼女からそんなふうに思われたくなかった。

恵君は部屋から出ようとした。

「待って」

手を掴《つか》まれた。信じられないことだった。

詠晴は虫を熟知しているからこそ手を繋げるのだ。そうでない人間が虫の手なんて触ってしまったら――しかし、芽衣は、吐き気を堪《こら》えるように下唇を噛《か》みしめているものの、じっと恵君を見ていた。

「綺麗《きれい》。人間じゃないみたい」

綺麗なのは、芽衣の瞳の方だった。美しく潤んでいて、まっすぐに恵君を見ている。恵君は気の利いたことは何も言えなかった。あれほど脳内で会話をシミュレーションしていたのに、何の役にも立たなかった。

あ、とかえ、とか意味のない言葉を漏らしながら、恵君は芽衣の手を振りほどいた。何か言っていたが、何も聞かないようにした。それ以上何か話してしまったら、芽衣に執着し、いけないと分かっていても関わり続けてしまうという確信があった。

しかしもう、手遅れだったのだ。

恵君は芽衣のことを忘れられなかった。芽衣の肌の柔らかさも、美しい瞳も、知ってしまった。知ってしまったから、忘れることはできなかったのだ。

詠晴に何度も注意され、折檻までされても、芽衣と関わることを諦められなかった。

芽衣もまた、恵君に執着を見せた。普通の世界にいる、優しい普通のクラスメイトたちよりも気持ち悪い虫の恵君を選んだ。そして、恵君は芽衣の血を吸った。初めて血が美味《おい》しいと思った。

血を吸って、彼女の一部を体内に入れる幸福は、きっと人間には味わえないのだ。もっともっとたくさん吸って、体の内から満たされたいと思った。

赤ん坊のような芽衣の愛くるしい弱さに狂って彼女を穢《けが》した男の血を吸ったときは美味しくもなんともなかったが、それも愉《たの》しい思い出だ。芽衣の所有権は自分に在り、それを侵した男を罰してやったという、凄《すさ》まじい快感があったのだ。男の皮膚を食い破り、思い切り血を吸ったとき、芽衣もそれを恍惚《こうこつ》の表情で眺めていたのだ。自分と彼女は同じ考えで、まさしく番《つがい》であり、ずっと一緒にいられるのだと思っていた。

「彼女？　日本に帰ったよ」

詠晴がそう言った時、恵君はしばし呆然《ぼうぜん》と詠晴の顔を見た。彼女は未《いま》だ、自分のことを赦《ゆる》してはいないだろうから、意地悪で言っているのかと思ったが、全くそうではなかった。

「当たり前じゃない。あんな、男に……乱暴されて。可哀想に。この国も、大嫌いになってしまったかも」

「芽衣、嬉しかったと思います」

言い終わらないうちに、詠晴は恵君の頬を張った。

「お前、本気で言ってる？　冗談でも最低だけど」

「私、芽衣、守った。芽衣は、私の」

「黙れ、虫」

詠晴は花露水を思い切り吹きかけた。恵君は叫びながら床を転げまわる。

「虫と人間は違う生き物だって分かってたつもりだけど、本当のところ、分かってなかったみたい。阿公の言うことは、何も間違ってなかった。お前達には豚の餌すら勿体《もったい》ない。この話はお終《しま》い。覚えておきなさい。今みたいなこともう一度でも言ったら、本当に殺すから」

詠晴は苦しむ恵君にそう言い捨てた。

恵君はなぜ詠晴が怒ったのか分からなかった。芽衣が帰った理由も分からなかった。

あの時は、二人にとって想《おも》いが通じ合った瞬間だったはずなのだ。

その後十年以上、詠晴とは人間らしい会話は一つもしなくなり、恵君はただ豚の血を啜るだけの生き物になった。学校にも通えなくなったし、外出は、林家の人間が必要とする時だけ、手足を拘束され、口に轡《くつわ》を嚙まされた状態でのみ可能だった。

それでも絶望したり、「人間性」を失わなかったのは、芽衣との思い出があったからだ。

芽衣はいつも温かくて、少し震えていた。血を吸うと蕩《とろ》けるような声を出して縋《すが》りついてくる。弱々しくて、愛《いと》しかった。

林家を抜け出したのは、芽衣の血を吸いたいという欲望がもはや我慢できなくなってしまったからだった。

地下にある虫の部屋。今現在、そこにいる虫は恵君だけだった。隅に、穴を掘っただけの便所があって、それ以外はただ、板が貼ってあるだけだ。掃除もほとんどしないからいつも腐ったような臭いがして、夏でもずっと冷たい。林家は、どうも温度が低ければ、虫は活動が緩慢になると思っているようだった。それは、ある程度は真実だった。恵君も、冷たい地下室では、本来の半分も動けない。林家が間違っていたのは、虫は想像以上に力を持っているということだった。蟻《あり》は自分の体重の百倍の重さのものを運ぶのだ。蟻にできて、虫にできないことはない。

扉は木でできていたから、少し力を入れるだけで、簡単に穴を空けることができた。恵君はそのまま、誰にも見られないように走った。

車の後ろを追って空港に辿り着き、貨物に紛れ込んで日本に渡った。虫にとって、全ての人間の動きは眠っていても追えるほどのろく、彼らの目を掻《か》い潜《くぐ》ることなど造作もなかった。困難だったのは、日本に到着してからだ。

恵君が知っているのは、芽衣の実家の住所だけだった。恵君にも、人間は虫と違ってそこに生まれたらずっとそこで暮らすというものではない、と分かっていた。

実家を訪ねると、案の定芽衣はもう結婚していて、「岐阜県多治見《たじみ》市」というところで暮らしていると彼女の母親が言った。

恵君が「台湾にいた頃の友人で、顔を見に来た」と言うとあからさまに顔を顰《しか》め、「あなたが悪い人ではないのは分かるけれど、もう関わらないで下さい」と言い捨てた。

それは虫に対する生理的嫌悪感ではなく、何か別のことだと恵君は分かったが、言葉を返す前に芽衣の母親は玄関を閉めてしまった。

芽衣の現在住む都市名は知ることができたものの、当然それだけでは彼女の元に辿り着けない。しかし他にいい案も思い浮かばないから、恵君は仕方なく、市内を歩き回ってしらみつぶしに探すことにした。

数ヵ月か、もしかしたら一年経ってしまったかもしれない。本当のところは一ヵ月もかかっていなかったが、恵君にとってはそれくらい長く感じた。

いつも詠晴が与えてくれた豚の血がなかったからだ。常にひどい吸血衝動に襲われ、眩暈《めまい》がした。口に入れる人間の血は芽衣のものが良かったから、見ず知らずの人間は襲わなかった。その代わり、その辺にいる小さな動物から血を飲んだ。一時的に衝動は治まったが、何も満たされることはなかった。

芽衣を見付けることができたのは偶然だった。

牛柄の猫の血を吸った後、ふらふらと歩いていると、

「死にますように」

と聞こえた。沈んだ女性の声だった。

「死にますように。みんな死にますように。わたしも、あなたも、あのひとも、みんな死にますように」

息をひそめて、声のする方に歩いていく。

声は、ひどく小さい鄙《ひな》びた神社から聞こえた。

「死にますように。生きている価値がないのだから、死にますように、死にますように」

賽銭箱《さいせんばこ》の前で手を合わせ、真剣に祈るでもなく、ぼんやりとした表情で繰り返す女性。

顔も、体型も、全て変わっていた。でも、すぐに芽衣だと分かった。独特の弱々しさと愛くる

しさは変わっていなかったからだ。本当は飛び出して行って、二人だけの特別な名前を呼んで、そういうことをしたかった。ずっと探していたから、気力も体力も限界に近かった。

「死にますように」

ぼんやりとした芽衣の声が、誰もいない境内に響いている。

恵君は、本などの創作《フイクシヨン》だけで得た知識でも、思い当たることがあった。

芽衣の結婚生活は、不幸なものなのだ。

夫が悪い人なのだろうか。それとも、夫の家族？

虫の感覚は人間とは大きく違う。

芽衣の外見が若い頃と比べ激しく劣化していても、どうでもいいことだ。結婚していても、夫を愛していてもいなくても、どうでもいい。どんな姿で何を愛していて、紙切れの契約書で誰かの伴侶になっていても、芽衣は恵君の唯一の番であることは決まっている。問題は、その紙切れの男が、芽衣と恵君の邪魔をしているかどうかだ。

芽衣を穢したあの男のようなものだったら、また理解させなければいけない。

それで、恵君は観察することにした。

観察すると言っても、家の外から様子を窺うだけだ。それでも、幸せな結婚生活を送っていない、ということはすぐに分かった。芽衣はいつも、魂が抜けたような顔をしていたからだ。

夫である男はそう悪い人間でもなさそうだった。その母親も同じだ。でもそれは、恵君の見えないところでは違うのかもしれない。とにかく、芽衣はその二人と、いつも死にそうな顔をして暮らしていることが分かった。

これは良くない。芽衣には、あのときのような力がない。もし今血を吸っても、芽衣は笑顔を見せてくれないだろう。そのまま、死んでしまうかもしれない。

恵君は、男を排除するのではなく、芽衣を変えようと考えた。芽衣の前に姿を見せ、鼓舞して、必要があればほんの少し、力を分けようと思った。虫には、そういうことができる。まだ詠晴が恵君に笑顔を見せていたとき、そんな話をした。

「あなたたちはね、昔、私の阿公が赤ちゃんの頃よりももっと昔には、体を切り売りされていたんですって。あなたの体の一部を取り込むと、あなたたちみたいになれるって。強くなれる。本当にひどい話。あなたたちは、モノなんかじゃないのに」

恵君にはそれのどこが「ひどい話」なのか分からなかった。

「悲しいけど、あなたのことを産んだ女性の、そのまたお母さん――つまり、あなたのおばあちゃんになるかしら。阿公が買ったの。そういう目的で。今そういうことをしないのは」

その先は忘れてしまった。多分、詠晴らしく、真面目で優しい意見を言っていたのだと思う。

恵君は、芽衣の体の中に管を入れて、そこから内臓の粘膜を渡した。そんなこと、やったことはなかったが、芽衣は何度も頷いた。きっと成功したのだろうと思った。

芽衣は気絶してから目を覚まし、確かめるようにその場で跳ねた。芽衣の頭は天井に当たって、木材の破片が落ちて来た。

「すごい」

笑顔でそう言う芽衣を見て、恵君は幸せな気持ちになった。

「強い気持ちに、なれた？」

芽衣は歯を剝《む》いて笑った。

「強い気持ちっていうか、強いでしょ」

芽衣は何度も何度も、その場に踵《かかと》を打ち付けた。一度蹴っただけでも穴が空き、何度も何度も蹴られた穴は大きくなる。詠晴の言っていたことは本当だったのだと分かった。

「寶貝《バオベイ》……」

「あはは」

芽衣は楽しそうに笑った。かさついた目尻の皮膚に、深い皺《しわ》が刻み込まれている。

「なんでもできそう。ていうか、できる。謝謝《ありがとう》、恵貝《フェンベイ》、我最喜歡你了《大好きだよ》」

恵君は単純に嬉しくなり、芽衣に顔を近付けて、下唇に指を這わせた。すっかり艶を無くしてかさついていたが、まだ柔らかい。舌を当てて、血を吸い上げようとした。しかし、芽衣は右腕を前に出し、思い切り恵君を突き飛ばした。

予想もしていなかった衝撃に耐えられず、恵君は倒れ、壁まで転がった。

驚いて芽衣を見上げる。芽衣はやはり、笑顔のままだった。

「それは、自分より弱い奴《やつ》にやることでしょ？　私にはもう、やらないで」

「寶貝……」

「何？　その顔。私がどうすれば満足だった？」

恵君は芽衣の顔を見つめた。恵君の覚えていた芽衣の弱々しい愛らしさは残っていなかった。目が爛々《らんらん》と輝いていて、口からだらだらと涎《よだれ》を垂らしている。

「恵君、あんたのしたいこと、してあげる。でも、それは、やりたいことを全部やってから。ずっとずっと、死ねばいいと思ってた。死にますようにって毎日お願いしてた。私は死んだ。だから、他の奴らも、死にますようにって」

芽衣は焦点の合わない目でうわ言のように呟《つぶや》いていて、恵君には何一つ聞き取れなかった。しかし分かることは目の前の生き物が弱々しく赤ん坊のようで自らの番と信じていた生き物ではなくなってしまったことだった。

恵君は大きく顎を開いた。人間の大臼歯に当たる部分よりももっと奥の奥まで見えるくらいに大きく。舌がせり上がってきて、芽衣の口腔内《こうくうない》に侵入し、分け与えた粘膜の一部を回収しようと動いた。

「後でって言ってるでしょ」

芽衣の脹脛《ふくらはぎ》が盛り上がったのが見えた。舌が芽衣を捉える前に、芽衣はガラス戸を突き破って走り去って行く。

恵君は彼女を追いかけた。何か取り返しのつかないことが起こってしまったということに気が付いたのだ。

芽衣は恵君よりずっと速かった。楽しそうに笑いながら、道を歩いていた女性の首を捻《ね》じ曲げた。

第五章　飛んで火に入る夏の虫

詠晴《ヨンチン》の言うとおりに、車を動かす。

右に曲がれと言われれば右に、左に曲がれと言われれば左に。

正治《まさはる》はもう何も考えたくなかった。自分をただ、運転するだけの機械だと思い込む。そうしていると、とにかく臭い村主《すぐり》の臭いも、徐々に気にならなくなっていった。

「やっぱり、車に乗っているからですかねえ。なかなか、寄ってこないですね。歩いていると、向こうから来るものですが」

村主がそんなことを言う。

「詠晴さんは虫人間には虫人間の事情がある、と仰《おっしゃ》いましたけど、どんな事情があるにせよ」

「私の家はね」

詠晴が明確に村主を遮った。

「大昔から、虫を使役していたの。ファンタジーみたいでしょう。私たちの世界には日本人が考えるよりずっと当たり前に、占いや、風水や、鬼がある。大昔は、いまよりもっと、そういう神秘的なものの力は強かった。人間の力では解決できない問題が起こったときに、虫を使っていた。

例えば、鬼が暴れたときなんかに、私たちの家は虫を使って、対処しに行った」

「詠晴さん、鬼というのは、日本とそちらの国では違いがあるのでしょうか。歴史的にも、日本に『鬼』と呼称されるものの記録は多く残っています。有名なところでは、酒呑童子《しゅてんどうじ》や、茨木童《いばらき》子でしょうか。鬼になぜ『童子』という呼び名がついているのか。『童子』というのは本来、文字どおり子供のことです。しかし、古代から中世にかけて、烏帽子《えぼし》をかぶらず、髪を結わずに垂らしていた者は大人でも『童子』と呼ばれたそうです。つまり、童子とは、髪を結う余裕すらない身分の低い者の呼び名なわけです。他にも、船でやって来た言葉の通じない『鬼形者《きぎょうもの》』とトラブルになった記録は平安時代に残されていますが、この鬼はつまり、外国人のことですね。能なんかでも、嫉妬に狂う女性の『鬼』が頻繁に出て来るわけです。どういうことかというと、私は、鬼とは、差別された人間の呼び名ではないかと思うわけですが」

詠晴は、ははは、と作ったような笑い声を上げた。

「人を見た目で判断してはいけないのですけど、村主さんの知識にはいつも驚かされます。『鬼は人間だったのではないか』が村主さんの質問だとすると、答えは、そうとも言えるし、そうでないとも言える、です。玉虫色の回答でごめんなさいね。台湾では、鬼というのは死霊のことも指します。鬼と神と霊、全ての境界は曖昧です。でも、そうですね。虫を使って対処した鬼は、アウトサイダーの人間だった可能性が高いですね。虫は瞬間移動をするわけでもないし、掌《てのひら》から炎を出すわけでもない。ものすごい力で、自動車を壊すとか、鉄塔をなぎ倒すなんて、常識はずれのこともできない。言ってしまえば、人より力が強いだけだもの」

虫は力が強いだけではなく、もっと人間と違う点があるだろう、というようなことをぶつぶつと言い出した村主を手で制して詠晴は続ける。

「要は、ウチの家は、ヤクザ稼業だったわけですよね。荒事に戦闘員を投入していたようなもの。占いやらなんやらなんて、当時のウチの人間は誰も信じていなかったし、真剣に取り組んでいなかったのではないかと思っています。ただ、時代は変わっていきますからね。平和になったのもそうだし、平和じゃない場所でも、虫は戦車に勝てない。もうそんな仕事の需要はあまりありません。私の祖父の代からは、真面目に占い師をやっていたと思います。私も、色々学ばされましたし。ただ、需要が減ったからといって、虫がいなくなるわけではないですよね、殺すわけにも……。私たちは、村主さんが作った特効薬に似たようなものを使って、虫を使役していました。今でも、それを使って管理しています。私たちの家では、虫は蚕のようなものです。彼らは、完全に管理されていて、自力では生きていけない使用人です。幼い私は、それを悍《おぞ》ましいと思いました」

「悍ましい？　虫人間は確かに、悍ましいですね」

「そうではないです。虫を家畜のように扱っている様が、悍ましいと感じたのです。虫には知性があり、見た目はなぜか、美しい人間のように見える者ばかりですから」

「確かに見た目は。でも、見た目だけですよ」

「ええ。だから幼い私は、と言ったのです。私は幼かったので、憤っていました。どうして祖父も父も、この人たちを家畜のように扱うのだろうと。同じ人間なのに、と。今回こちらに来たのは恵君《フェンジュン》と言って、一番年若い虫です。私はあの子のことを、妹のように思っていました」

「妹！」

村主が笑い交じりに言った。詠晴はそれを気にする様子もなく、続ける。

「そうです。妹。祖父は、孫娘である私を可愛《かわい》がってくれました。そして、ワガママも聞いてくれた。私は祖父に、恵君を私と同じように教育して、学校に行かせて、一緒に過ごさせてくれないかと頼みました。同じ食事を食べたり一緒に寝たりするのは無理だったけれど、学校に行ったり、本を読ませたり、そういう自由は与えてくれた。恵君はどんどん、賢くなって、笑顔も増えて、だから、私はこのまま、妹として暮らす未来があると思ってしまった」

詠晴はそこで一旦、言葉を切った。すかさず村主が、

「詠晴さん、私はとても不思議に思います。虫人間の悪臭に気が付かなかったのですか？　誰だってあんな臭い、耐えられませんよ。ねえ、あなただってそうですよね」

いきなり話を振られて正治は動揺した。臭いのはお前だ、と言ってやりたい気持ちもある。ただ確かに、あの変わり果てた芽衣《めい》からは、凄《すさ》まじい悪臭がした。不潔極まりない村主の悪臭ではなく、もっと魂の根本から嫌悪感が沸き上がるような悪臭だ。それで、「ああ」と不本意ながら同意した。もし、恵君という女が芽衣と同じような種類のものだというなら、確かに長時間一緒に過ごすなど、考えられないことだった。

「聞起來糟透了《ウェンチーライザオトウロ》……」

「はい？」

「なんでもないです。そうですよ。臭かった。でも、日常的に家の中にいるのだから、慣れる。私の家は、虫のエキスパートですから、コントロールする方法は知っていた。色々な条件が重ならないと無理だけれど、普通の女の子のように一緒に出掛けることもできた。できたんです。本当に、普通の女の子みたいだった」

詠晴が服の袖を強く握りしめていることに気が付く。力の入りすぎた親指の爪が白くなっていた。

「幼くて愚かだった私が死んだのは、そんな一緒に出掛けたある日のことです。虫が人間と似ている、ほぼ同じだ、だから共生できる、今の差別的な扱いをなくして家族のように過ごせる、そういった考えは全て間違っていると知ったんです。恵君は」

「血を吸ったんですね」

村主が早口で言った。詠晴は黙って頷《うなず》いた。

村主は満足そうに笑って、

「虫人間の血を吸うさまは醜いですよ。顎を上下に大きく開いて、それだけでありえないくらい醜いのですが、さらにそこから長く分厚い舌のような器官を出すんです。それが獲物の腹に深く刺さって」

「恵君は、男二体の血を吸いました」

静かな声ではっきりと詠晴は言った。

「そこで待っててと言い、お手洗いに行き、帰ってきたら、恵君は血を吸っていた。美味《おい》しそうとか、楽しそうとか、そんな雰囲気じゃなかった。人間は美味しい食事を食べたらそういう顔になるでしょう。いくら残酷なことでも、楽しそうだったら、まだマシでした。恵君が血を吸っているときは、何も感じられなかったの。習性なんだと思った。目の前にそれがあるから、そうする。それだけ」

何か言いたげな村主を詠晴は視線で制した。

「恵君は私の血も吸おうとした。私どころか、近くにいた全員の。止めるのは大変だった。それでもなんとか家の者と協力して、彼女を止めた。その後私は折檻《せっかん》を受けて、恵君はもっとひどい折檻を受けた。しばらくして、恵君は正気に戻った――いえ、何と言えばいいんでしょう。正気なんて、人間の世界の話だ。とにかく、普通の女の子としてふるまえる状態に戻った。それで私を見て、『姐姐《おねえちゃん》』と言った。恐ろしかった。ずっと血を吸うバケモノの方がまだマシ。理解することも、当然分かり合えることもない。別の生き物。やっと分かった。ずっとバケモノだと思っていたかったんだ、ウチの家は。そして、その方が、お互いの為《ため》だった」

詠晴は一息に言葉を吐き出してから、何回か深呼吸をした。村主も口を挟まなかった。

「あの子、人間の心を持っているの。完全に間違いですけど。持ってしまっている。だからきっと、今回のことは、芽衣さんに、心を砕いた結果です。きちんと、人間の考え方で想像して」

「ちょっと待ってください詠晴さん。あなたの話は分かりました。あなたが、虫人間を妹のように扱った結果、虫人間に人間のような行動が見られた。私としては、それは学習と模倣だと思うのですが、それは置いておいて。詠晴さん、芽衣さんは彼の奥様ですね？　虫人間が、彼女を虫人間に変えた、そういうふうに聞こえました」

「ええ、そうです。あの子は、あの子なりに考えて、芽衣さんを虫にした」

「そんなことが可能ですか？　聞いたこともない、虫人間は元から虫人間で」

「ふざけるな」

正治の喉から、低い声が出た。獣の唸《うな》りのような喘鳴《ぜんめい》が漏れる。

「ふざけるな、ふざけるな」

思い切りブレーキを踏む。車がつんのめるようにして停《と》まる。誰も走っていない道だから、誰に気を遣うこともない。詠晴がうっと呻《うめ》く声が聞こえる。良い気味だ。

「さっきから、頭おかしいんじゃないのか。虫人間。虫。虫虫虫虫。くだらねえ。ありえねえ。俺は、ちゃんと社会人やってんだよ。お前らみたいな、夢みたいな世界で生きてねえ」

拳をハンドルに叩《たた》きつける。けたたましくクラクションが鳴った。

「信じられないのは分かりますけれど、実際に御覧になったでしょう」

哀れみを含んだ声で村主が言う。

「虫人間の悍ましい姿を見て、確かに映画の世界のように思えるけれど実際」

「うるせえ」

窓を強く叩く。村主はそれ以上喋《しゃべ》らなかった。

「分かってるよ。俺は見た。芽衣が、あんなふうになって、確かにお前らの言うとおり、バケモノなんだろうよ。でも、それをその虫女が、そういうふうにしたってどういうことだ？　俺は誰に……」

正治は自分が何を言っているのかよく分からなかった。ただ、現実の世界から、さほど裕福でもないが何不自由ない、普通の暮らしから、意味の分からない悪夢のような世界に突き落とされて、誰かを恨んで、呪いたかった。誰に当たっていいかも分からない。心の奥底から、理不尽だと思う。何も改善しなくても、暴力を振るってめちゃくちゃにしてしまいたいというどうしようもない気持ちが溢《あふ》れ出て来る。

「降りましょう」

詠晴が一言、そう言った。

正治は返事ができなかった。動くことさえ。もし、指先を動かしたら、詠晴を殴ってしまいそうだった。この女は何も聞いていない。そう思った。勝手になんでも進めて、皆がそれに付き従うのを当然のことだと思っている。

「あなたは純然たる被害者です。ですから、憤る気持ちは分かります。私のこと、殴り飛ばしたいでしょう。必死に抑えている。でも、今は、降りましょう」

どうして、と正治は唇だけで言った。その瞬間、

「臭いッ」

村主が大声を出した。

「臭い臭い、臭いですッ」

「ええ、臭いですね」

正治の鼻にもその臭いが届いた。

密閉された小さな箱に無理矢理体を折り曲げられて押し込まれ、そのまま箱が閉じてしまう。そんな想像をしてしまうような不快な圧力がこの場に掛かっているような気がする。

「臭いッ」

声に不気味なほど喜びを孕《はら》ませて叫び、村主はドアを開け、そのまま外に駆けだしていく。

「私たちも。さあ」

顔を詠晴に向ける。口元から笑みが剝がれている。詠晴は長細い指で正治の腕をつついて、

「さあ」ともう一度言った。

正治は車を最大限道の端に寄せてから、車を降りる。耳を澄ませてみても、車が来る気配はない。

車に乗っているときより如実に不快な悪臭が濃くなっている。

村主の姿は見えない。車道の脇に茂っている鬱蒼《うっそう》とした林の奥から、臭い臭いと、はしゃいだような声が聞こえる。

「行きましょう」

詠晴が傾斜の急な山肌に指をかけ、登っていく。

この道は、ずっと昔、家族とキャンプに出掛けるとき、通った道だ。父の運転する車に乗って、ふと窓の外を眺めたとき、視界に飛び込んできた。木々の陰は昏《くら》くて、昼間でも、奥に何があるか見えないくらいだった。その闇から、何か飛び出してきそうだと思った。

幼い正治は「森こわい」「山こわい」「もう帰ろう」とぐずり、父親に叱られ、母親に宥《なだ》められた。良い思い出だ。父と、母に守られていた子供だった。そして、今、母は。

「正治さん」

見上げると、詠晴が木に腕をかけ、反対側の手で手招きをしている。

正治はしばらく躊躇《ちゅうちょ》したが、仕方なく後に続いた。

大変な苦労をしてある程度山肌を登った後は、一応は傾斜のない道に出る。しかし、山道だから、傾斜がなくとも、全く人が通ることを想定していないような道だ。木や草は勝手な方向に生え、油断すると足を取られて転ぶ。三十分も経《た》っていないだろうに、正治は疲れ、足を上げることすら億劫《おっくう》だった。疲弊したのは、道の悪さは勿論《もちろん》、悪臭がずっと鼻腔《びくう》を攻撃し続けるからだ。口からしか自由に息が吸えない。常に首を絞められているように苦しくて、酸欠で頭痛がした。

途中で、村主に追いつく。しゃがんでいた。

「村主さん、待っていてくださったの？」

そう聞く詠晴を振り返ることもなく、村主は「いいえ」と言った。

「体にこの草の汁を塗っているんです。あなたたちもよろしければ」

細い葉が放射状に広がっている。その葉を村主は千切って、首元に塗りつけていた。

「遠慮します。ただの香茅油《シャンマオヨウ》は恵君には効かない」

聞きなれない響きだが、おそらく植物の名前だろうと思った。正治にはただの雑草に見えるが、何か薬効や、または毒がある特別な植物なのかもしれない。

「おや、そうなんですか」

効く虫人間も多いんですけどねえ、と村主はぼやきながら立ち上がり、じゃあ行きましょう、と前方を指さした。

「水の音……」

正治が呟《つぶや》くと、村主は頷く。

「ええ。きっとこの先、水場があるんでしょうね。獣も人間も同じく、水場を確保します。虫人間も同じことです」

声を弾ませる村主は本当に不気味だった。詠晴も顔を顰《しか》めているが、これは村主の不気味な様子に、ではなく、ますます濃くなる臭いに、だろう。

頭が割れそうだった。正治は情けなくて涙が出そうになった。何の主体性もなく、言われるがまま付いてきて、詠晴のことも村主のことも殴り飛ばしてしまいたいくらい腹が立つのに、結局そんなことはできない。何が今起こっているのか知りたいが、同じくらい何もかも棄《す》てて逃亡してしまいたい。自分が今どういう意思を持って前に進み、何を考えて足を動かしているのか、それすらも分からない。

正治は低い声で呻き続けた。二人ともそのようなことは気にも留めていない様子だった。

「止まって」

詠晴が突然、鋭い声で言った。

「その、ウーウーというのも、止《や》めて。難しいでしょうけど」

自分のことを言われているのだ、と理解して、正治は唸るのをやめた。詠晴は依然胡散臭《うさんくさ》い存在だが、詠晴に逆らっても何一ついいことはない。

「我去你那邊《ウォーチーニーナービエン》！」

詠晴が怒鳴った。水の音はもう目と鼻の先から聞こえる。

「我去你那邊！　可以嗎《クイーマ》？」

「別過來《ビエグォライ》」

正治は無意識に耳の穴を抉《えぐ》るようにほじっていた。そうしないと、中にいる何かが取れない、そういう危機感に襲われた。だが、耳の中には何もない。

「別過來……我去你那邊」

声だ。声が、耳の中をかさかさと動き回っているのだ。

不快で堪《たま》らない。

音は、空気の振動が電気信号として脳に伝えられたものだ。いつまでもいつまでも、汚れのようにへばりつくことはあり得ない。なぜ、こんな声が出せるのか。

詠晴はじっと、鬱蒼と茂った木々の奥を睨《にら》んでいる。

がさ、がさ、と掻《か》き分ける音がする。何かが近付いてきている。悍ましい声を持った何かが。

目を奪われた。

正治はしばし、呼吸すら忘れて目の前の女を見つめた。

透き通るような白い肌。青みがかってさえいる。

二つの大きな瞳がこちらを見つめている。白目の部分が見えないほどに黒目が大きくて、だから視線を外そうにも難しいのだ。

驚くほど美しい。息を呑《の》むほどに。時間を忘れるほどに。しかし、それと同時に。

正治は膝をつき、その場に吐いた。悪臭と共に胃の内容物が地面に撒《ま》かれる。

気持ちが悪かった。こんなに不快感を覚える生き物は初めてだった。臭いだけ、声だけならなんとか堪えられていたのだ。こんなものは存在してはいけない。この目の前にいる美女は、人間とは違うものだと思う。

「これが、虫ですよ。もう分かるでしょう」

詠晴が囁《ささや》くように言った。無言で何度も頷く。

「ねえ、虫」

「いたあ」

詠晴の言葉を村主の声が遮った。

「やっと見付けた、こんなところにいるんだあ」

子供のような口調だった。声質が濁っていて低く耳障りでなければ、汚い中年男性のものだとは思わなかっただろう。どこまでも無邪気だった。

「本当に腹が立つくらい被《かぶ》った皮がきれいだなあ、中身は気持ち悪くて醜いくせに」

村主の右腕が動いた。正治に見えたのはそれだけだった。

次の瞬間、正治はもう一度地面に吐き戻した。今度は胃液しか出なかった。

耳から芋虫が侵入してきて全身に行きわたる、そう思ったのだ。人の考える擬音では表現のできない不快な音がしている。

げえげえと吐いて、死にそうになりながら顔を上げると、美しい女が地面を転げまわっていた。そして、目の前で詠晴と村主がもみ合っている。

「何をするんですか！」

「何っておかしなことをおっしゃいますね。放してください」

詠晴は長い腕で搦め捕るように村主を抑え込んでいる。見ると、村主の右手には、霧吹きのようなものが握られている。

「なぜ急にそんなことをするの！」

「どうせ話を聞くだけなんですから、命があれば十分でしょう？　虫人間はこの程度では死にませんよ」

「あの子は私の言うことなら聞きます！　無駄に痛めつける必要なんて」

「気付いていますか詠晴さん。さっきから『あの子』と言っている。やはり詠晴さん、あなたは虫人間についてきちんと理解をしていない。妹だのなんだの、嫌な予感はしていたんだ。あなたの家の方針ですら信じがたい。使用人？　冗談じゃない。人間じゃないんですよ。虫人間は全部悪いものです。消すべきものです。例外はない。生きているだけで有害だ。この臭いにおいが証拠。彼の様子を見てください。体を起こしているのもやっとでしょう」

詠晴の視線が正治を追う。その一瞬で、村主は詠晴に顔を近付け、思い切り息を吐いた。口臭に耐えられなかったのだろう、顔を背けた詠晴の隙をついて、村主は彼女を両手で強く押した。バランスを崩した詠晴は、尻もちをついたような格好になる。

村主は左手に、棒状のものを握っている。先端が、悪意のある尖《とが》り方をしていた。何かを刺し、命を奪うために尖らせたようないびつな形をしていた。それを振り上げて、村主は猛然と美女に近寄っていった。

彼女は地面を転がり、苦しみながら、両腕を顔の前に上げた。

それに気付いた瞬間、正治は立ち上がっていた。

もしこれが、虫人間ということなら。芽衣と同じ存在であるというのなら。

きっと、すぐに我々を殺すことができるのだ。地面には、大小さまざまな石が転がっている。あれを、芽衣が暴れたときのように、あの力で投げつけられればひとたまりもない。

それなのに、あの美女は何もしない。ただ、体を守ろうとしている。こちらを傷付けないよう必死になっている。

正治は気力だけで足を動かし、村主に向かって走る。その勢いのまま、ぶち当たる。細くて小柄な村主の体は、面白いように飛んだ。

「あっ」

村主は小さく声を上げる。

「あ……」

正治は自分のやったことの結果に驚き、口を開け、しかし何もできなかった。

そんなつもりはなかった。そんなところに傾斜があるなど考えもしなかった。しかし、村主の体は木々の間を転がり、落ちていく。

「後悔しますよ」

呪詛《じゅそ》のような言葉が聞こえた。それすら少年のような、どこか楽しそうな声色だった。

しばらく呆然《ぼうぜん》と、村主が転がり落ちて行った場所を眺める。詠晴が「あの、もういいでしょうか」と言うまで、何もできはしないのに、正治はその場から動かず、じっと眺めていた。

詠晴に声をかけられて顔を上げると、視界に、赤い服を羽織っただけの美女がいる。慌てて目を逸《そ》らした。今やっと、彼女が裸であることに気が付いたのだ。正確に言えば今は服を羽織っているから、直前まで、だが。

「恵君、きちんと前を閉めなさい」

「は、い……」

美女はのろのろとした動きで、服のボタンを一番下から一つずつ留めている。一つ留めるたびに、彼女は小さく悲鳴を漏らす。その様子が煽情的《せんじょうてき》で、どうしても横目で見てしまう。

「吐き気と頭痛、少しおさまったでしょう。この服はね、恵君の拘束具――いえ、拷問器具ですね。毎分、毎秒、絶望的な痛みが伴います。それでやっと、普通。普通に、人間と話すことができる」

脳を穢《けが》されるような悪臭がもうほとんどしないことに気付いたのも、そう言われてからだった。

正治は鼻から思い切り息を吸う。全身に酸素が行き渡り、心臓がどくどくと脈打った。何度も深呼吸をする。生き返るような気持ちだった。

脳が急速に正常な思考を取り戻していく。その結果、詠晴の言葉が重く胸に刺さった。

拷問器具。絶望的な痛み。

目の前の美女——恵君は、唇を震わせ、詠晴にもたれかかるようにして立っている。服から伸びた二本の足は、心配になるくらい青ざめていた。

「可哀想《かわいそう》。そんな服なんか着なくていい、とか言わないでくださいね」

先回りしたかのように詠晴が言う。

「これを脱がせたら、恵君はあなたの血を吸う。暴力的に、残酷に。死ぬかもしれない。だってもうずっと、血を吸っていないはずだから、きっと飢えている。そんなものの前にエサを近付けたら」

「飢えて、ない、です……」

恵君が震える声で口を挟んだ。

「……そう。じゃあ、また、犬とか猫とか殺したんだ。気持ち悪い虫。でも仕方ない。そうするしかないから。でも、もし、彼のお母様を手にかけたというのなら」

「やってないっ」

細い声だ。わずかな不快感はあるが、先程とは比較にならない。やはり、極限まで弱らされているのだと思う。

「やって、ない、です。私、人間の血なら……芽衣の血が、よかった、から」

ぴしゃりと乾いた音が響く。詠晴が恵君の頬を張ったのだ。恵君はよろけて、力なく地面に倒れ込んだ。

「気持ち悪いことを言うなって言ったよね？　今何歳だと思ってるの？」

そう言われてハッとする。きっと詠晴は芽衣と同じ年齢だろう。詠晴は寺の天井に描いてある天女のようで、年齢が分かりにくくはあるが、そう思う。しかし、恵君は、まるきり少女のようにしか見えない。

「お前と違うんだよ、人間は。みんな、大きくなる。変わっていく」

「変わってなかった！　芽衣は、変わってなくて、カワイイだった」

「変わっただろう。だから今ここに、お前ひとりなんじゃないのか」

詠晴の言葉に恵君は項垂《うなだ》れた。

詠晴は正治に向き直る。

「さっきから、あなたを置いてけぼりにしてしまってすみません。やはり、芽衣さんは、この虫が、虫にしてしまったようです」

「ま、待ってくれ……虫にするって、どういうことだ」

「体の一部を食べさせることで、同じように、すごく強い力を使えるようになる。村主さんには言わなかったけれど、私の家の人間は、虫を使役するだけではなく、虫を育てて、そして一部を食べて、力を使うこともあった……あまり良いことにはならないから、虫を仙薬として売っていたことの方が多かったみたいだけれど……」

芽衣は恵君の一部を食べて、ああなったのか。虫なる存在を目の前にして、その異様さははっきり分かっている。今更、頭のおかしい妄想だとは言わない。

「お前、そんなに同胞が欲しかったの？　信じられない。何も知らない、日本人に迷惑かけて。大体、そんなことしても」

「ちがうっ」

思わず耳を塞いだ。見ると、詠晴も同じようにしている。恵君の声は服を着てもなお耳障りだった。

「ちがう、仲間欲しい、ちがう。芽衣、辛《つら》そうだった。辛かった。毎日、死にたいって思ってた。そこの、男の、せい」

「何が違うんだ」

気持ち悪いくらいに透き通った色の指が、震えながら正治を指している。

「私、芽衣から、聞きましたっ！　その男、あの時の男みたいに、芽衣を乱暴、している。その、母親も、芽衣を、虐待している。殴ったり、蹴ったり、食事させなかったり、している。だから、強くした。みんな、力で勝てない相手には、そんなこと、しない、ですから」

乾いた音がまた聞こえる。詠晴がふたたび、恵君の頰を張ったのだ。

「お前、何様のつもりだ？　人間に向かって指さして、えらそうに喋るな」

恵君は詠晴には何も言い返さない。ただ、燃えるような目で正治を睨みつけている。黒くて大きい瞳が不気味で、弱った小柄な女であると分かっていても、目を合わせられない。

詠晴が「それでも」と言う。

「この虫がやったことは許されないけれど、もし、本当に芽衣さんにそういう扱いをしているのが事実なら」

「ははは」

正治の喉から声が漏れた。乾いた笑い声が止まらない。詠晴はぎょっとした顔で正治を見つめている。突然笑い出したのだから、当然異常者に見えるだろう。楽しくて笑っているわけではない。情けない。空《むな》しい。こんなことで母は。

ぐぐぐ、という低い音が耳を侵した。恵君が唸っているのだ。口からぼたぼたと涎《よだれ》を垂らして。きっとあの服を着ていなければ、即座に飛び掛かってきて殺すつもりなのだろう。恵君の怒りや憎しみも、空しい。

「わ、笑っていては分からないです……」

「猫を飼いたいと言ったのは、妻です」

詠晴が困惑したように「ええ」と言った。構わず続ける。

「結婚前に妻が挨拶に来たとき、家には、伯父夫婦が来ていました。うちの母も猫が好きだから、飼い猫のミイスケを連れて。牛柄の、少し太った可愛い猫なんだ。芽衣はそれを見て、『可愛い！』と言った。『嬉《うれ》しい！　私小さい頃から猫飼うの夢だったんです。おうちに猫がいるなんて思わなかった』……伯父の家にはミイスケのほかに三匹猫がいたし、ミイスケは母によく懐いていたので、伯父がミイスケを譲ってくれたんだ。妻は嬉しそうにしていました。住み始めて一ヵ月もすると最初のようにはしゃがなくはなったけれど、世話はしてくれていました。どうして、猫が好きなのに母が今まで飼わなかったのか。それは、猫アレルギーだからです。症状の酷《ひど》い時に薬を飲むくらいで、重度ではないですが。母は芽衣が喜ぶから、猫アレルギーでも猫を飼うことにした。田舎に嫁いできてくれたんだから、少しは楽しいことがないと、と言って。母の自己満足かもしれない。だから感謝しろというわけでもない。それでも、そんな母が、虐待？　この対応は、虐待ですか？」

「それは……」

「最近は、うまくいっていないのは分かっていました。母の言い方がきつくなっているのも。もしかしたら、一般的には厭味のように聞こえることも言っていたかもしれない。でも、母にだって、そうするだけの理由がある。それは、俺にも理解できることでした。芽衣は、ここに来てから、家事を一切やりません」

外国人女性二人にこんなことを言っても仕方ない。完全に家庭の愚痴のようだ。しかし、どうしても口が止まらない。

「心が落ち込んで、何をやるのも億劫だと。食事を食べても吐いているのは知っています。本人は、隠せていると思っていたようでしたが。病院へ行けと言っても、無理やり受診させようとしても拒否するんです。母は忙しさを言い訳にするな、きちんと話し合えと俺を叱りました。でも、家に帰れないくらい忙しいんだ。家庭のことが後回しになるのはどうしようもなくて……いや。こんなことが言いたいんじゃない。言いたいことは……芽衣が心の病気だったのは間違いがないんです。それでも、日がな一日寝ているか、起きていてもぼんやりと座っているだけで、家事は母が全て自分でやらなくてはいけない。そんな状況で、誰にも当たらず、心優しく、穏やかに過ごせる人間がいるでしょうか。いたとしたらそれは、菩薩《ぼさつ》ですよ」

「つ、つまり、その、正治さんのお母様は……」

「俺のことはどう言われても構わないですよ。実際、働くしか能がなくて、趣味もなくて。本当にずっと、働いていましたから、面白い人間でもなかったでしょうし、寂しい思いをさせていたでしょう。夫として、ひどかったかもしれません。でも、母は違います。いつも、嫁を第一にと言って……本当なのか？　本当に、芽衣はそんなことを言ったんですか」

正治はまっすぐに恵君の目を見た。不気味で気持ちが悪い。瞳孔がぐちゃぐちゃと波打っていて、潰れた臓器のようだ。しかし、吐き気を我慢してしっかりと見据える。もう彼女は正治を睨んでいない。目を潤ませて、今にも泣きそうだった。

「恵君」

詠晴の声色は冷たい。しかし、どこか哀れみも含んでいた。

「人間は、嘘《うそ》を吐《つ》く。嘘。分かるでしょう。本当ではないこと」

「嘘……本当ではない……じゃ、じゃあ、その男が言っていること、嘘。他に女がいるって芽衣が」

「違う。そんな人に見える？　分かるでしょう。誰が、嘘を吐いたのか」

正治さん、と詠晴は呼びかけた。

「あなたが本当のことを言っているの、分かります。それで……分かってほしいとか、許してほしいとか、言うつもりはありません。虫は、嘘が吐けないんです。というか、吐く必要がないので……だから……」

「何が言いたいんですか。いや、答えなくていい。俺は今、混乱しているけど、分かる。要は、妻が嘘を吐いて、そこの恵君さんを唆《そそのか》して、力を得て、それで、母を殺した。そういうことだろう。それで、恵君さんは、妻の嘘——俺が暴力を振るって浮気をする最低の男で、その母親も嫁イビリをする最低の義母だ——そんなことを信じて同情した。同情心からやったことだから、悪いことではない。そう言いたいんだろう」

「正治さん、私たちは」

「確かにそうだ。芽衣が悪い。純朴で嘘の吐けない少女のような恵君さんを騙《だま》したのは妻かもしれない。でもな……そもそもの原因は、なんだ？」

目がひどく乾いていた。何度も何度も瞬《まばた》きをする。しかし、目に映るのは、美しく不気味な女だけだ。被害者のように体を縮めて、唇を震わせている。本当は、被害者ではありえないのに。

「あんたが日本に来たことだよ。なんで来たんだ？　何の必要があって？」

「芽衣は私の……だから」

消え入りそうな声で恵君は言った。

もう一度私の、と言うか言わないかのうちに、詠晴が彼女の頭を摑《つか》んで、地面に引き倒した。

ぱきぱきという、地面に生い茂った草木が潰れる音がした。恵君は苦しそうな声を上げている。

それを見ても、正治は可哀想とは思わなかった。ただただ、こんなもののせいで母親が死んだということが許せない。

「自分のもの？　幼稚だよ。自分のものだから会いに来る。自分のものだから、酷い目に遭っていたら力を貸す。あなたの中では、それが正しいんでしょう。でもね。もう、何年経ったと思ってるんですか。あなた以外はみんな、大人なんですよ。いつまでも幼稚で、子供のままで……虫がどうとかは、分かりません。でも、あなたの子供の理論で、どうして普通の暮らしが壊されなければいけなかったんですか」

恵君は何も答えなかった。彼女は全く別の生き物なわけだから、何も理解できないのかもしれない。ただ、正治の怒りや嘆きだけを受け取って、困惑しているのかもしれない。

「申し訳ありません」

見ると、詠晴も恵君の横で額を地面に擦《こす》り付けている。

「申し訳ありません。申し訳ありません。こんなことしても、何の意味もないでしょうけど……」

詠晴は何度も「申し訳ありません」と言った後、そろそろと顔を上げる。涙で化粧が流れ落ちたのか、目の下が黒く染まっていた。

「止めなくてはいけません」

そう言って詠晴は恵君の髪を摑んだまま立ち上がり、その顔を指さす。

「正治さんは許せないでしょう。でも、ああなってしまった奥様を元に戻すためには、これの力を使うしかない。私たちだけでは、どうにもできないから」

「母さんを殺したのは、あんたか？　それとも、芽衣か？」

「答えろ」と詠晴が低い声で言うと、恵君は泥まみれの顔で「私じゃないです」と言った。

「芽衣は女の、人を、殺して、捨てた後……家を出て、多分、また、戻りました……そこからは」

「待って」

詠晴は声を絞り出して、

「女の人を殺して捨てたって言った……？」

「はい」

恵君は頷く。

「女の、人を、殺して、捨てました。血は吸っていなかった、だから」

「已經《イイジン》不《ブ》行了《シンラー》」

「怎《ゼン》麼《メ》了《ラ》嘛《マー》……？」

「吵死了《チャオシーラー》、你給我閉嘴《ニーゲイウォーブイズィ》」

分かるように言え、と正治が口を挟む前に、

「本当に、失礼極まりない態度で申し訳ありません。でも、急がないと、犠牲者が増えてしまいます」

詠晴は早口で、恵君に何事か告げた。そして、赤い服に手をかけ、剝ぎ取るように脱がせた。白い裸体が露《あらわ》になり、正治は両手で顔を覆った。

「一体何をっ」

「ちょうどいい。そのまま、目を瞑《つぶ》っていてください。見ても、いいことはないから」

詠晴が言い終わらないうちに自分の首元を何かが摑み、持ち上げた。女のような悲鳴が漏れる。今すぐ目を開け、何が起きているか確認しなければいけない。頭で分かっていても、そうすることができない。恐ろしい。強い風が肌に当たり、痛むくらいだ。何が起こっているかは、想像ができる。

「正治さん。返事はしなくていいです。聞いてください」

詠晴の声はこんなときでもよく聞こえた。

「虫を食うと虫になる。確かにそれはそうです。でも、そんなことをしても意味がないんです。だからウチの家の人間は虫を食って力を得ることはすぐにやめて、虫を使うだけだった。もし、虫を食べたとしても」

詠晴の話は、どう聞いてもフィクションだった。現実とは思えない。今、起こっていることがそれはフィクションではないと物語っているが、真面目に聞くような話ではない。本来、一笑に付していい内容なのだ。こんな子供の空想のような話はやめて、今すぐ一生懸命働き地に足のついた生活をしろと。子供のままではいられないのだと。もう大人なのだと。

正治は小声でブツブツと呟くのをやめられなかった。

「これは夢だこれは夢だこれは夢だこれは夢だこれは夢だ」

詠晴はそれを止めることはなかった。

「これは夢だ」

第六章　虫を殺す

姉はおかしな人だった。一見、何の問題もない、普通の女の子に見えた。普通の子と同じようにリボンとか小動物とかお化粧とかお洋服とか可愛《かわい》いものが好きで、友達もそれなりにいて、特別可愛くもないけれど特別不細工でもなくて、性格も周りに合わせるのが上手で、少し愚痴っぽい女の子らしい性格で。

だから、私だけかと思っていた。

でも、姉と長い時間を共有した人――例えば、母とか、父とか、友達でさえも、そういう人に聞くとみんな、おかしな人だと言う。そして、おかしな人だと感じたのは自分だけかと思っていた、と言って驚くのだ。

その時点で姉は、おかしい上におそろしい人だったと思うのだ。

おかしいことは確実なのに、おかしいことを共有することさえできないなんて。

そんな存在は人間ではなく、化け物の類だと思う。

私は、今このときも、姉を可哀想《かわいそう》だとか、心配だとかそんなふうには思えなかった。化け物を人間の尺度で測ることはできないからだ。

人間の私は、普通に結婚をして、普通に子供を産んだ。だから今こうして、普通に息子を抱えて、ショッピングモールを歩いている。

「あっ」

遠目から見ても、はっきりと分かるくらいスタイルのいい人を見付けて、思わず声を上げた。

その人は生田真央花《いくたまおか》さんといって、昔から近所では有名な女性だ。真央花さんの父親は誰でも知っている新聞社の常務取締役で、母親は大臣の娘――真央花さんの親族は皆、ご両親と同じくらい華々しい方々だった。そして真央花さん本人は、誰に似たのか、一族の中でも一線を画す美人なのだ。小学生の時から付きまといがあるくらい有名な美少女だったからか、高校は女子高を選んだという話だった。そんな真央花さんは一度だけ、我が家に遊びに来たことがある。遊びというより、グループ学習の打ち合わせという感じだったのだが、居間を女子高生軍団に占領され、所在なく佇《たたず》んでいる私に、優しくしてくれ、遊んでもくれた。優しくて美しいお姉さんの記憶は私の脳裏に焼き付いており、それでつい声をかけてしまった。

「真央花さん、真央花さんですよね？」

真央花さんは高校生の時とは違って、髪をやや右側の長いショートヘアにしていた。彼女はその長い方の髪をかき上げながら、私の方に視線をよこす。

「ええと、あなたは……」

私は途端に恥ずかしくなった。軽率に声をかけたことへの後悔が押し寄せる。

襟元にフリルのついたノースリーブのシャツも、縫製の美しいパンツも、彼女のすらりとした体軀《たいく》にばっちりと決まっている。革のハンドバッグだって目が飛び出るくらい高級なのだろう。化粧も若作りではないのに、今風で洗練されている。姉と同い年の三十五歳の真央花さんの美貌は、全く衰えていないどころか、増したような気さえする。

それに引き換え私は、息子がまだ赤ん坊だということを言い訳に、染みだらけのワンピースを着て、ネット通販で買った中国製のマザーズバッグを背負って、ボサボサの髪のまま外出している。

「ご、ごめんなさい、あの、私、角田結衣《つのだゆい》っていって、緑川芽衣《みどりかわめい》の妹で……覚えてないと思うんですけど、昔、真央花さんに遊んでもらって……」

「ああ、妹さん」

真央花さんは悲しそうな顔をした。

「ええと……」

「いえ、いいんです！」

彼女の言葉を遮ってしまう。何を言われるかは分かっているし、そんなふうに言ってもらう必要はないのだ。

真央花さんが抱っこ紐《ひも》の中ですやすやと眠る息子を見て、

「女の子？　何歳？」

と気まずそうに言ってくれたことで、なんとなくお茶をする流れになった。

真央花さんは現在、大学の先生をしているらしい。専門は物理学の系統らしいが、私にはすごいということ以外はよく分からなかった。だから、「すごいですね」と言っておく。真央花さんは「ありがとう」と言った。

私は、小さなころの思い出話をした。

高校生が家に押しかけてきて、なんとなく怖かったこと。そこで、真央花さんに優しくしてもらえて、女神のようだと思ったこと。

「女神なんて大げさな」

「いえ、本当に綺麗《きれい》だったし、優しかったし、女神みたいだと思いました。それは、今もですけど」

真央花さんは照れたように笑った。笑うと少しだけえくぼが浮き出て、完璧に整った顔に少しの隙を生む。

雲の上の人のようで――いや、実際にそうなのだけれども、話してみると親しみやすい。私が搾乳の時間に流している芸人のＹｏｕＴｕｂｅ動画を真央花さんも観《み》ていると言った。

「すごく面白いってわけじゃないんだけれど、頭を使わずに笑えるんだよね」

週に四日、母に息子を預けてアルバイトをしている私にとって、搾乳は必須なのだが、搾乳していると死にたくなる。授乳の時辛《つら》い気持ちになることはどうもよくあることのようなのだが、そんなときにその動画はうってつけで、理由はまさに真央花さんが言ったとおりだった。真央花さんが私の矮小《わいしょう》な悩みを理解してくれたような気がしてとても嬉《うれ》しかった。

私たちはしばらく、仲の良い友人のように話し込んだ。

ルイボスティーの氷がほとんど解けてしまったとき、真央花さんはぽつりと、

「いいなあ、赤ちゃん」

そう言った。

その言葉には複雑な思いが乗っている気がして、軽率な私でも、言葉を発することはできなかった。黙ったままの私を気遣ってか、真央花さんは取り繕うように微笑《ほほえ》んで言った。

「大丈夫、諦めてるから。ごめんね、変なこと言って。私は、ちょっと、ほら、体もアレでしょ。結婚自体、するつもりもなくて」

真央花さんは言いにくそうにしていた。外から見ると完璧な真央花さんの体に、何の問題があるのだろう。子育て以外考える余裕のない私の悪い好奇心が、自制心を打ち破った。こういうおかしなところは、姉と変わらないかもしれない。

「体って……?」

「ええと、知らないの……そうだよね、みんながみんな知ってるわけないか……」

真央花さんはアイスコーヒーを啜《すす》ってから咳払《せきばら》いをして、それから話してくれた。

真央花さんは高校生の時、交通事故に遭った。命に別状はなかったものの、脊椎損傷による後遺症が残った。

「普通に歩いている……っていうか、モデルさんみたいに姿勢がいいし、全然気付きませんでした」

「ああ……歩くとかじゃなくてね、その……」

真央花さんはしばらく口をもごもごと動かした後、顔を近付けて来る。高級な化粧品の甘い匂いがして、私はどきりとした。

「膀胱《ぼうこう》直腸障害っていって、その、トイレが、我慢できないのよ」

小声で囁《ささや》いてから彼女は顔を元の位置に戻した。

「ごめんなさい」

とてもデリケートで、女性だったら絶対に言いたくないことだ。それを無理に言わせてしまったかもしれない。

「ごめんなさい」

謝ることしかできない私に向かって、真央花さんは「まあまあ」と言った。

「大丈夫。むしろ、気を遣わせてごめんなさい。私、子供もできにくくなっちゃったみたいでね。だから、もう諦めているの」

色々な感情が押し寄せて来るが、一番強いのは恥ずかしいという気持ちだ。

未《いま》だぐっすりと眠っている我が子を見る。

真央花さんの「いいなあ、赤ちゃん」は本気の言葉だった。諦めているなどというのは、そうせざるを得なかっただけで、本心からの言葉ではないと思う。一瞬でも彼女のことを理解したように感じてしまったことを恥じた。

「本当にごめんね。結衣さんって、なんだか話しやすくて、ついついなんでも話してしまう。っていうか、気になっていたんだけど」

「な、なんですか？」

「事故のこと、お姉さんから聞いたりしなかったの？」

「いえ、特に……」

真央花さんは眉間にうすく皺《しわ》を寄せた。

「お姉さん、台湾に留学したでしょう」

「ああ、そう、ですね……」

姉は確かに、台湾との交換留学生だった。留学先で、トラブルがあって、すぐに両親が迎えに行き、そのまま帰国してきたことは覚えている。未だに両親はトラブルの詳細を教えてくれないし、私の方から聞くつもりもない。

「それで、本当は私も一緒に行く予定だった。その前日に、事故に遭った」

「えっ、そうだったんですか！」

「ええ。だから、てっきりそんな話をしているかと思ったんだけどね、意外と言わなかったんだ。私の事故のこと、あまりベラベラ話したらいけないと思って気を遣ってくれたのかな」

「姉に限ってはそんなことない気が……」

「そうね、あっ失礼」

「いえ、本当に、そうなので……」

少しの間、沈黙が流れた。

私はひどくデジャブを感じた。姉は嫌われ者というわけではなかったように思う。でも、こうして、姉と共通の知り合いと話すと、皆姉にうっすらと違和感を持っている。

「あの」

私はいい機会だから、と思う。姉のことを話してみたい。姉がなんだったのか、知りたいと思う。私だけでは、一生分からないことかもしれないから。

「なあに」

「姉って、おかしな人間でしたよね」

真央花さんは、何度か口を開いたり閉じたり繰り返してから、短く「そうだね」と言った。

「私は、なんだか、怖いと思ってた、かもしれない、正直なところ……不快に思ったら、ごめんなさい」

「いいえ。正直に言ってほしいんです。皆、私には気を遣って、本当のことは言わないけれど、私だって――私が一番、あの人のことを、おかしいと思っていて、誰かにそれを言いたかったんです」

「それって？」

「説明が難しいですけど……なんか、その……」

真央花さんは真剣な顔で私の回答を待っている。私の頭には陳腐な言葉しか浮かばないし、頑張って言葉を丸めようとしても、結局それ以外思い浮かばなかった。

「人間じゃないみたい、って、そういうことです」

「分かる」

即答だった。真央花さんの綺麗に切りそろえられた爪に力が入っている。

「なんかずっと……人間じゃないみたいと思ってた」

＊

私と彼女は、比較的親しかったと思う。

私は、顔が結構きついし、性格も、ノリが悪いっていうのかな、そういう感じだから、恥ずかしながら、中高生のときは、よく話す子はいても、親しい子はいない、っていう感じだった。特に、所属しているグループとかもなくて、修学旅行とか、グループ行動が必要な時は、余ることが結構怖かった。意外？　そうかな。

とにかく、そんな私に、あなたのお姉さんは――芽衣は、何かと話しかけてくれて、嬉しかったんだよね。

「美人で強そうな人って好きなんだよね」

って、はっきり言われたのも、びっくりしたけど、嬉しかった。

でも、今思えば、それもなんだか変っていうか、そうなんだよね。

「私、部活でダンスやってるのも、強そうだからなんだ」

そんなことも言っていた。私は、

「強そうっていうなら、ダンスじゃなくて、武道系じゃない？　ウチにはないけど、まあ、バスケとか、バレーとかの方が強そう」

みたいに、答えたかな。普通の、つまんない答えだと思う。芽衣は、全然分からないという顔をしていた。私の方が全然分からなかったんだけど。

でも、今なら分かる。

芽衣の言う「強そう」というのは、権力のことなの。言い方は大げさだけど。

スクールカーストってあるでしょう。

確かに、そういうものはあった。ウチのクラスには、私の観測範囲ではイジメはなかったと思う。でも、そのスクールカーストみたいなものは明確に、あった。

地味なグループの子たちは、あまり大きい声ではしゃいではいけない、みたいな雰囲気。どこのグループに所属しているかで、クラスの中で好きに振舞っていい具合が違う、みたいなもの。もちろん、社会に出てからも、そういうものはあるけど、学生のときみたいに表面的なものに左右されている人なんか、バカにされる。

話が逸《そ》れてしまったけれど、芽衣は、クラスの中では一番好きに振舞っていい、という理由でダンス部を選んだんだろうね。

そういう考えの子自体は、まあ、いるかいないかで言えば、いると思う。でも、そんな考えで入った割には、芽衣は馴染《なじ》んでたよ。結構、努力家なんだよね。ちゃんと練習もして。文化祭のダンスは、純粋にすごいと思ったし。

それでね。

私に、すごく突っかかってくる子がいたの。ダンス部に。仮に、エイミって名前にしようかな。まあ、ずっと突っかかってこられるから、私も当然、エイミのことが嫌いになるよね。自然と、言い方とかもきつくなって、エイミとの関係はどんどん悪くなっていった。

芽衣はなんとなくそれに気付いたみたいで、ある日「大丈夫？」と聞いてきた。

それが良くなかったんだけど、私、「大丈夫じゃない！」って、エイミへの不満をぶちまけちゃったのね。「私の好きな歌手をわざわざ微妙じゃない？　とか言ってくる」とかだったと思うんだけど、言い出したら止まらなくなって、ちょっとのことも、大げさに言ってしまったと思う。なんというか、私も嫌な奴《やつ》で、「あんたが普段部活で仲良くしてる相手は実はこんなに嫌な奴なんだよ」みたいなことを知らせたかった気持ちも確実にあった。

芽衣は、いつもは割と、人に合わせると言うか、口を挟まないでしょ。でも、その時は、「それでそれで？」みたいな感じで、すごく興味を持って聞いてきた。言い訳になっちゃうけど、私もそれで、ますます盛り上がって話してしまったんだよ。

今思うと、それもなんだか、おかしいよね。人が辛かった話をもっとたくさん聞きたいって……。

で、まあ、スッキリして、それで終わりの話だったんだ、私の中では。

でも、ある日、芽衣に呼び出されて、「もう大丈夫になった」って言われたの。

何のことか分からなかったんだけど、芽衣は少し苛立《いらだ》った感じで、

「だから、エイミのこと。エイミは終わったから、もう真央花は嫌な気持ちとかにならないで、

楽しく過ごせるよ」

終わったってどういうこと、って聞くと、芽衣は嬉しそうに成果を話した。

エイミはＶ６の三宅《みやけ》くんが好きだったんだけど、芽衣はまずＶ６のチケットを取ったんだって。それで、余っちゃったからチケット譲るよってエイミに声かけた。当然、エイミは喜ぶでしょ。それで、コンサートの前日になって、エイミがそろそろチケット渡してくれないか、って連絡したら、ごめんね、別の子がお金払うっていうからその子に売った、って言ったんだって。その別の子というのもダンス部の子だったんだけど……まあ、当然、揉《も》めるよね。相手の子も、エイミとは普段からあまり良くない関係だったらしくて。

「私は金払ってるんだから当然だよね」

って態度だったもんだから。

それをきっかけに、ダンス部内での人間関係がごたついてしまったみたいで、だからもう、私に対して何かしてくるような暇はないだろうみたいなことを言ってきたの。

「なんでそんなことしたの？」

って私は聞いた。単純に、意味が分からなくて。

「なんでって、真央花がエイミに困ってるから、助けてあげようと思って」

「そんなことして、ダンス部のみんなも、困ったんじゃないの？」

芽衣はぽかんとしていた。私はそれがすごく怖くて、

「っていうか、そんなことして、一番恨まれたのは、芽衣じゃないの？」

「さっきから、真央花がなんで苛々してるのか分からないんだけど」

芽衣は少し不快な顔をしていた。

「色々聞いてくるけど、何が言いたいのかも分かんない。私は今、真央花と、エイミの話をしてるんだけど。エイミが真央花に突っかかるようなことがなくなった。それに、ダンス部とか、私とか、関係ないと思うんだけど」

「関係あるでしょ、だって……」

私、それ以上何も言えなかった。

芽衣の瞳を見て、気付いてしまった。

本当に、この子の中では、全部別のことなんだって。

この子は、誰がどう感じるか、何を考えているかというのには、興味がなくて——いや、興味がない、ってことでもないかも。本当に言葉どおり、「一つの問題を解決した」という事実だけが大事で、その結果起きた蟠《わだかま》りというのは、全く別のことと考えている。

怖かった。この子にとっては、人間というのは、ゲームのNPCみたいな感じなのかもしれないって。

芽衣はじっと私を見ていたんだけど、それも、なんでお礼を言わないのかな、という感じで。ミッションを解決したのに、NPCがお礼を言わなかったから、バグだと思ってキレてるみたいな。

「ありがとう」

一応、そう言った。なんだか、そう言わないと、ゲームが続いてしまう気がして。

「また何かできることがあれば言って」

芽衣はそう言ってにこっと笑ったけど、正直、その笑顔さえ怖かった。

急に距離を置くのも怖いから、表面上はその後もいつもどおり接した。まあ、芽衣は、普段は、ごく普通の子だったし、そんなにストレスもなかった。

ダンス部の人間関係も、エイミは辞めることになっちゃったみたいだけど、意外にもそれだけで解決したみたいだしね。

それで――あまり聞きたくない話かもしれないけど、台湾の留学の話になるの。

私は、交換留学の、なんていったらいいか、シード枠だった。知っているかもしれないけど、当時父が駐在員をやっていて、私も中国語が少し話せたから。それで、他に誰か一人、ということになって、芽衣が来た。正直、少し嫌だったんだけど、仕方ないよね。私も本土は行ったことがあるけど、台湾は初めてだったから、楽しみだったし、それで、芽衣に対しての不安も消えてたかな。

芽衣は中国語を覚えたがって、私も簡単な挨拶とか、自己紹介を教えるくらいならいいよと言って、放課後に勉強会をすることになってた。

ちょうどその頃は、ダンス部の、学校説明会でのダンス公演の練習と重なっていたんだよね。台湾に行く前の日も、そうやって過ごしていたんだけど、途中で、芽衣が「ダンス部の方に顔を出してくる」と言ったの。芽衣は公演には参加できないけれど、ミーティング的なものには参加していたみたいで。だから、行っておいで、って言ったの。

当然すぐに戻ってくるもんだと思っていたんだけど、しばらく経《た》っても戻って来ない。暗くなってきたし、お腹《なか》もすいたし、何と言っても前日だから、もう帰ろうと思って、念のため机にメモを残して、帰ることにした。

校門を出て、坂をしばらく下ったところにコンビニがあるよね。私は喉が渇いていたから、そこで飲み物を買おうとして、横断歩道を渡った。そこに、車が突っ込んできたの。私は横倒しになって、動けなかった。車は走り去ってしまった。

運悪く、横断歩道の横の植え込みに体が埋まってしまって、通行人からは見えにくい位置だった。

意識ははっきりとしていたんだけれど、それだけに痛みも激烈で。痛すぎたのか、強く衝撃を受けたからか、それなのに全然大きな声は出なかった。

当時は携帯電話もなかったし、本当にこのまま惨めに死んでしまうのかと思った。

でも、そこに、芽衣が通りかかったんだよね。

芽衣はどうやら、コンビニから出てきたところみたいだった。

私の半分だけ植え込みから出た顔を見て、近寄ってきた。

安心した。これで、助かる。誰か呼んできてくれる。そう思った。

芽衣は私に近寄ってきて、そして、信じられないことを言った。

「真央花、まだいたんだ。帰ったと思った」

今、ここで、そんなこと言う？　まずそう思った。でも、痛くて痛くて、抗議なんかできない。助けて、と言うのが精いっぱいだった。本当に、絶対、私は助けて、と言ったと思う。

でも、芽衣は行ってしまった。

芽衣の後ろから、ダンス部の子たちが、

「ちょっと、早く持ってきてよ」

って声をかけたから。

「ごめん、すぐ行く！」

芽衣はそう彼女たちに声をかけて、走って行ってしまった。振り返ることもなかった。

どんなに絶望したかなんて、きっと、私以外には分からないでしょうね。

私の心はそこで折れてしまって、意識を失った。

目が覚めると、病院だった。そんなに時間は経っていなかったけれど、手術をする、みたいなことを言われた。どうやって助かったのか、それを知ったのは、手術が終わって、心と体がある程度回復したとき。もうその時には、台湾の留学期間も終わって、芽衣は帰国していた。

私を助けてくれたのは、車で通りかかった人だった。道路にバッグが落ちていて、それで気付いたみたい。ひき逃げした犯人も捕まったよ。興味ないとは思うけど、一応。

そこで私は、この先一生付き合っていかなきゃいけない後遺症の話もされて、すごく絶望して
――だけど、それよりショックで、驚いたのが、芽衣がお見舞いにきたこと。

母に友達がお見舞いに来てくれたと聞いた時も、まさか芽衣だなんて思わなかった。

パイナップルケーキを持ってやってきた芽衣に、何も言えなかった。信じられない、本当に、芽衣自身に何かされたわけではないけれど……あ、あなたが謝る必要はないの。全然、本当に、個人が悪いからといって、その家族も悪いなんていうのは、化石みたいな考え方だよね。

とにかく彼女は、お土産を棚に置いて、私のベッドの横の椅子に腰かけてから、

「大丈夫？」

と言った。

大丈夫なわけないでしょとか、なんとか、そんなことを言ったと思う。

どうしてあのとき助けてくれなかったのか。せめて、人を呼んでくれなかったのか。

そんなことを感情のままに怒鳴った。

芽衣が、なんて答えたと思う？

「それよりさ、なんで先に帰っちゃったの？」

頬をぷうっと膨らませて、拗《す》ねた子供みたいに睨《にら》んできて。

「私、顔を出すって言ったから、普通、帰ってくるって分かるでしょ？　結構悲しかったんだから。でもいいよ。それに、真央花が来なかったから、結構台湾の人とコミュニケーション取るの難しかった時もあったし。結果的に楽しかったから、別にいいんだけどね」

私の表情なんて気にも留めないで、あの子はずっと、台湾の思い出を話し続けてた。

何も言えなかったよ。

徹頭徹尾、自分のことだけ。あの子の世界には、自分しかいない。完全に理解させられた。遅

すぎるけれど、もう関わらない方が良い。はっきりとそう思った。

受験勉強とかいろいろ重なったから、うまく関係を絶つことができたと思う。

だから正直——本当に正直な話、していい？

あなたは、なんだかんだいっても妹で、あなたにとっては姉だから、すごく不謹慎で、失礼なことを言ってしまうことになると思う。でも、本当に正直な話。

あの子がもう、現れなければいいと思うの。何が起こったかは分からないけれど、どこか知らない、人間以外の何かがいる世界にいればいいと、それが私たちのためでもあるし、あの子のためであるとも思うの。

心の底から。

＊

真央花さんは話し終えてから、「ごめんなさい」と言った。「ごめんなさい、本当にごめんなさい」と繰り返した。

私は首を横に振る。

「真央花さんが謝るようなことは一つもないんですよ」

私は真央花さんの目をまっすぐに見て言う。

「私だって、私の家族だって、口には出さないけれど……家族が一番、そう思っているんですから」

真央花さんは真剣に、さも大変なことが起きているような口ぶりで話してくれた。実際、そうだろう。普通の人なら、そのような態度には不快感を覚えるし、信じられないだろうし、今までに会ったこともないほど失礼な女だと思うだろう。

しかし、私にとっては大したことではないのだ。確認作業に過ぎない。

姉と少しでも関わりのあった人間とはこうして話す。そして、姉の話を聞く。そして安心する。やはり姉はおかしかったのだと思う。

実は私は、真央花さんの話した「エイミ」さんとも話したことがあるのだ。

確かに姉とエイミさんが決別した理由はV6のコンサートチケットの件だが、エイミさんはそれとは別に、こんなエピソードも話してくれた。

「紅林《くればやし》先生という、割とイケメンの先生がいたんだけどね。ファンっていうのかな、女子校で若い男の先生がいたらきゃあきゃあ言われるの、まああるじゃない。そういう子たちの一人が、バレンタインに手作りのチョコを渡すって話をしたのね。みんなで、協力してレシピとか考えて。それで、バレンタインの当日の朝にね、芽衣が『紅林先生にチョコなんかあげない方がいいよ』って言ったの。みんな準備をしていたわけだから、当然面白くないでしょ。どうして？　って詰め寄ったらね、『一昨日、紅林先生に告白してみたら、ナイショで付き合ってあげるって言われた。そのとき、キスもされた。音楽の小岩《こいわ》先生と付き合ってるくせにね。あんな人、やめた方が良いよ』って言ったの。みんな、啞然《あぜん》としちゃって。嘘《うそ》だ！　って言う子にも、『男の人って唇荒れてて汚いよね』みたいな変な受け答えしてて……何がどうなったか分からないけど、紅林先生は突然学校を辞めたから、もしかしたら、本当だったのかも。でも、嘘とか本当とか、そういう問題じゃないっていうか。紅林先生がどういう人間か調べるためにそんなことする？　それをみんなの前で言う？　平然としてられる？　一部の子は、芽衣の行動を勇気あるみたいに言ってたけど、意味が分からない。私はついていけなかった」

この話も姉という存在を如実に表していると思う。

人間の感情の機微に疎い。真央花さんの言った譬《たと》えはかなりしっくり来た。他人のことをＮＰＣ《ノンプレイヤーキャラクター》、つまり、背景のように思っている。

そして、男という生き物に、生理的な嫌悪感を抱いている。

姉は、私が物心つく頃には既に男を嫌っていた。

何かされたわけではないと思う。父は、少なくとも姉には親子として適切に接していたし、私と同じように、可愛がってくれようとしていた。

それでも姉は、父のことが嫌いだった。父が少しでも体に触れると、指を一本一本、丁寧に、執拗《しつよう》に洗っていた。生理的に嫌い、としか表現しようがない。

そんな姉が結婚しても上手《うま》くいかないのは分かり切っていた。母も、

「あの子、あんなふうで大丈夫なのかな」

と言っていた。はっきりとは口に出さないが、どうして結婚したのか不思議に思っていた。私は、全く不思議には思わなかった。それは、真央花さんの話の中に出て来た「権力」という言葉

で説明ができる。

ダンス部は権力がある、と同じように、幼稚な思想だが、世間はそういう偏見で溢《あふ》れている。

結婚している方が偉い。

子供を産んだ方が偉い。

子供を沢山育てている方が偉い。

男の子を産んだ方が偉い。

姉は、こういう偏見を、内在化していたのだ。

それで、結婚して、子供を産んで、権力を得て、他のそうでない女たちより強くなりたかったのだ。

「結衣さん」

真央花さんに声をかけられてはっと顔を上げる。姉の話を聞くと、色々な思い出が溢れ出して、思考が濁流に吞《の》み込まれてしまう。

「ごめんなさい、なんですか?」

「その、家族が一番そう思っていたって……」

彼女も、確認作業がしたいのだと気付く。私は頷《うなず》いた。

「はい。例えば——実家では、三毛猫を飼っていたんですけど、どうしてだと思いますか?」

「ええと……」

「姉が飼いたいと言って、飼ったんです。答えは、三毛猫には、オスがほとんどいないからです。

動物でも、男は嫌なんですって。変でしょう。しかも、飼っても、全然世話はしませんでした」

「ああ、それは……変ね」

「もっとありますよ」

何度も話しているから、スラスラと出て来る。

転んで大泣きしていても無視されたこと。なぜ妹を無視するのかと母に叱られても「妹が泣いていることを解決することはできないのになぜ構わなくてはいけないのか」と無表情で答えたこと。傷の経過を見たいと言って、毎日絆創膏《ばんそうこう》を剝がされたこと。親戚の女性が子供を亡くしたときに、「早く新しい赤ちゃんを産まないといけないね」と言ったこと。そんなことが、沢山沢山、出て来る。

「そもそも、台湾に行ったことすら、どうかと思いました」

「それは、どうして？　台湾は良い所だし、行きたい人は沢山」

「そういうことじゃないです。姉の台湾留学の時期、ウチの両親は、離婚するかしないかでもめていました。父が不倫していたんです。父は離婚したくないと言っていたけれど、母はもう顔も見たくないと言っていて、だから、父は一時的に実家に帰っていました」

「それは……ごめんなさい、なんて言ったらいいか……」

「ずっと前のことですから。今も二人で暮らしていますし。とにかく、親がそんな状況の時に、姉は勝手に学校に留学の申し込みをして、勝手に行くことになっていたんです。出発の二週間前くらいに報告してきて。時系列的にも、家庭のゴタゴタから逃げたかったというわけではないでしょうね。平然とお土産のリクエストの話なんかしてくるから、クラクラしました。母は、もうどうしようもないと思っていたのか、普通に接していましたけど」

「なんだか、想像がつくかも……」

「そうでしょう。だから、姉は小さいころからずっと、おかしい人ですよ。同じ人間とは思えない。それは事実なので、真央花さんはまったく間違っていないんです」

「そ、そう……ありがとう……」

真央花さんは眉を少し歪《ゆが》めたまま、飲み物を啜った。

こんなふうにべらべらと、心配することもなく、いかに姉がおかしいか話す人間のこともまた、信用ならない、人間ではない奴だと思っているかもしれない。

私は、姉の最もおかしいところを話さなかったのに。

両親が離婚を思い止《とど》まったのは、姉が台湾で、強姦《ごうかん》されたからだ。母は私に隠そうとしていたようだが、警察からも学校からも連絡が来ていたし、連日知らない人々が訪問してくるので、知ってしまった。

両親は、姉の心のサポートをするために、手を取り合うことを決めたようだった。

私だってその時は、姉のことを強姦した犯人（詳しいことは分からないが既に死亡したという）を心底憎んだし、姉に深く同情したし、両親と共に姉の心を守ろうと思った。

しかし、姉本人は、あまりにも平然としていた。

目を輝かせながら、台湾の美しい思い出を語った。

姉の治療に当たった精神科医は、解離性健忘ではないだろうか、と母に言ったらしい。ストレスや心的外傷によって引き起こされる記憶障害だ。男性よりも女性に多く、やはり強姦の被害者などに多いらしい。辛かったことは全て忘れてしまっているのだろう。もしそれなら、そのままの方が良いと両親も言った。

ただ、姉は事件についてはっきりと覚えていた。

高校生になり、彼氏ができた私に向かって、

「急に突っ込まれると痛いから、覚悟しておいた方が良いかもね」

と言ったのだ。何を意味しているかは明らかだった。

この話は、私が一番姉を不気味だと思っているエピソードなのだが、これからも誰にも話すことはないだろう。

「それでその……いま、どうなっているの？」

真央花さんが言っているのは姉と、姉の夫の家族に起きたことだ。

「義理の兄はかなり参っている様子でした。まあ、お母さんが亡くなったら、無理もないですよね。姉のことは、知らない、分からないというばかりで、可哀想に、容疑者扱いされているみたいです。世間でも、そういう声があるから、可哀想だと思います」

「結衣さんは、そうは思わないの？」

「お義兄《にい》さんが犯人、ですか？　まさか。真央花さんは、姉が行方不明のまま、どこか別の世界に行って生きた方が幸せだっておっしゃいましたけど、私は」

んん、と声がした。可愛い声。息子が目を覚ましたのだ。口元をもごもごと動かしている。もうすぐ、乳を求めて泣き出すだろう。

「ごめんなさい、長々と話し込んでしまって」

「いいえ、こちらこそ。色々お話しできて、良かった」

そそくさと席を立つ真央花さんは、ここに来たときよりずっと、暗い表情だ。穢《けが》れに触れてしまったような、そんな顔。

立ち去る真央花さんに、言いたかったことを言い捨てた。

「私は、全て姉がやったと思っているので」

これは悪い夢だ、そう思って目を瞑《つぶ》っても、目を再び開ける気にならないのは、これが夢などではなく、現実であると心のどこかで受け入れているからだ。

つくづく自分が小心者だと考えるのは、置いてきた車がどうなっているのかと考えてしまうところだ。

首筋が、頬が冷たい。風が刺すように通り抜けていく。何が起こっているか考えたくない。それでも夢に逃げることは許されない。

どこで間違えたのだろうと考える。

色々なこうしていれば、が頭に浮かぶ。しかし、どれもこれも、終わったことだ。どうしようもない。決定的な間違いがあったとすれば、それは芽衣と出会ったことそれ自体かもしれなかった。

「ひどい」

詠晴《ヨンチン》の声に思わず目を開く。絞り出すような声だった。

なにが、と聞く前に理解する。

目の前に広がる光景はひどいという一言ではとても言い表せないが、ひどい以外に言いようのない光景でもあった。

地面に花が咲いたように赤いものが散っている。それが花などという美しいものではないことは、鼻を衝《つ》く鉄のような臭いが証明していた。

「信じられない……」

詠晴は正治《まさはる》の気持ちを代弁しているようだ。しかし、より正確に言えば、「信じたくない」かもしれない。

そこは、幼い頃遊びまわっていた、神社の裏手に広がる雑木林だった。

誰が通るのか、石が歩道のように点々と続いていた。子供の足では間隔が空きすぎていて、ぴょんぴょんと飛びながら、頭の中で『ここから落ちたら鮫《さめ》に食われる』と思ったりしていた。この良くも悪くもない素朴な思い出は、時折正治の頭に蘇《よみがえ》って、陰鬱な考えに陥ったとき心を安定させてくれた。

思い出の石が、今は赤く汚されている。

「三人と、一匹」

耳にぬるりと侵入するように、恵君《フェンジュン》は言った。

「ヒト三人、犬一匹の、においがします」

足元に、血に混じって毛の塊が転がっている。確かにそうだ。これは犬の足だ。

「それで、追いついて……どうするんだ」

「ありがとうございます。冷静でいてくれて。あなたは私よりずっと強い。私は、もう、諦めてしまいそうです……こんなにたくさん、殺したなんて、信じたくなくて」

詠晴の顔を見る。真っ青で弱々しかった。ただのか弱い女性に見える。

詠晴はごめんなさいともう一度呟《つぶや》いてから、

「本当は、すぐに制圧できるはずだった。近寄って行って、服を着せて、それでどうにかなると思っていた。血を吸わなくては、弱っていく一方なの。こういうふうに、虫になった個体は。普通の人だと思っていた。せめて、人殺しを躊躇《ちゅうちょ》するくらいには。でも、目論見《もくろみ》が甘かった。甘すぎましたね」

「じゃあ、どうしたらいいんだ。詠晴さんがどうしようもできなくて、それじゃあ」

「虫を――恵君を使います」

恵君の方向に視線だけ向ける。目は合わせない。きっと嘔吐《おうと》してしまうからだ。嘔吐している場合ではない。

内臓が見えるのではないかと思うくらい薄く白い肌が、ぬらぬらと光っている。ぽたぽたと垂れているのは涎《よだれ》で、だからきっと顎を限界まで開いているのだ、と気が付く。そして想像する。村主《すぐり》の言っていた、不気味で美しい虫人間たちの様子を。

「仕方がない。相手はバケモノなんですから……」

「ひどい言われようだね」

砂利を踏む音がした。立っていられない。膝が自然に地面に着く。正治は呻《うめ》いた。

恵君よりももっと強く濃い悪臭がする。

誰の声かは分かる。

「サバンナでライオンがシマウマを食べたら残酷？　ライオンはひどいことをした？　バケモノ？」

芽衣が立っている。きっとそうだ。足が見える。裸足《はだし》だ。

視線を少し上に向ける。

「正治さん」

芽衣が急に腰を折り曲げて、それで目が合う。

「下がりなさい！」

詠晴の声を芽衣は全く無視した。

「正治さん、どう？　これ、覚えてる？　ごめんね、ありがとうって言えなくて。あの時は、こんなの、似合わないって思ってたから。実際、似合わなかったと思うし」

芽衣がくるりと一回転すると、スカートの裾がふわりと持ち上がる。

腰にリボンの飾りのついた深い赤色のワンピース。少し派手だが、店員が「若い女性に人気だ」と言うので買ったブランドものだ。

「綺麗なものは、強くて美しい人しか着てはいけないんだよね。そうでしょ。私は今、強くて美しい。だから、きっと似合うでしょ？　そうだよね？」

芽衣は楽しそうに笑う。肌は記憶よりずっとつやつやとしている。唇は悍《おぞ》ましいほどに赤い。きっと、見た目だけなら、確かに綺麗だ。

深い赤の布地は、ところどころ、より深い色に染まっている。

悪臭が止《や》まない。声も耳障りだ。瞳が黒く、ぬめぬめとしている。

「似合わないよ」

絞り出すように、しかしはっきりと正治は言った。

楽しそうに踊っていた芽衣の足がぴたりと止まった。

「……何それ。最期に、私を不愉快にさせようと思って、わざと嫌なこと言ってる？」

「違う、本心だ」

今すぐ胃の中身をぶちまけそうだ。それでも、口は動いた。

「バケモノに人間の服は似合わないよ」

空を切り裂くような音が聞こえる。これが自分が聞く最後の音なのだと思って、正治は目を閉じる。

しかし、何も起こらなかった。

「どうしてあんたが邪魔するの」

正治の目の前に、女の裸体があった。正治の視界を遮るように、まっすぐに立っている。

「芽衣、ダメ。もう、ダメ。これ以上は、ダメ」

恵君の脹脛《ふくらはぎ》が隆起していた。渾身《こんしん》の力を込めて、芽衣を抑え込んでいる。

詠晴が小さな声で「正治さん、こちらに」と言う。正治は手の力だけでずりずりと後ずさった。

少し離れたところから見ると、巨大な蛞蝓《なめくじ》が巻き付いているように見える。芽衣の体を抱き締めるようにして、恵君は必死に言葉をかけていた。

「ヒト、来ないところで、二人で、暮らそう。それで、一緒、幸せ」

恵君が言い終わる前に鈍い音がする。

「ひっ」

喉から漏れ出る悲鳴を抑えられない。恵君の首が芽衣によってほぼ直角に折り曲げられている。

「大丈夫、あれくらいでは、死にません」

詠晴がそう言ったところで、何の慰めにもならない。

正治の目には、明らかに芽衣が恵君を蹂躙《じゅうりん》しているように見えた。一方的に、残酷に、芽衣は恵君の体を捻《ね》じ曲げて、それで楽しそうに笑う。

「だから、命令すんなって言ってるでしょ、弱いくせに」

芽衣は恵君の体を弄びながら何度も言った。

「弱いくせに、弱いくせに、弱いくせに、こんなに弱いくせに」

新解釈残虐事件

高度経済成長もはるか遠い昔。老若男女、誰もが疲れ、病んでいる現代社会。毎日のようにこの国のどこかで起こっている凶悪犯罪。しかし、人々はすぐに忘れ去り、事件は風化していく。数多くある事件の中でも、いまだ犯人・被疑者の判明していない未解決事件。我々は決して忘れず、科学的、非科学的、あらゆる方面から事件の真相を追い続ける。踏み躙《にじ》られた被害者の、声なき声の代弁者として。

〈第八回：岐阜県連続惨殺事件〉

十年前、ここ、岐阜県T市M町で起きた悍ましい事件を覚えている人は、一体何人いるだろうか。

T市の中心市街地からやや南下した場所にあるここは、今では山が切り崩され道路が通っているが、かつては山に囲まれていた。

三丁目にある朝凪《あさなぎ》神社は今も昔も猫の集会所となっており、今では猫目当てに観光客が来るほどだ。

しかし朝凪神社の裏手で起こった悍ましい惨殺事件を、観光客たちは知っているのだろうか？

第一の被害者・氷川聡子《ひかわさとこ》さん（当時63）の腕を発見したのは、朝犬の散歩をしていた主婦だった。

事件発覚の前日、聡子さんは長男正治《まさはる》の妻である芽衣《めい》にハイキングに誘われ、朝早く山に入った（その山は現在切り崩されていて存在しない）。

二人が連れ立って歩く様子は近隣住民にも目撃されており、特に揉《も》めている様子はなかったという。しかし、近隣住民は、当日の午後早い時間に、芽衣だけが一人で帰宅したのも目撃している。

目撃者こそいないものの、午後三時過ぎに聡子さんの家からドンドンという音と、激しく言い争うような声が聞こえたという証言があり、何かしらのトラブルがあったことは予想ができる。そのとき、正治も在宅していたことは事実として判明している。

翌日、聡子さんの遺体の一部が発見されたわけだが、同時に、さまざまな人体のパーツが発見された。全てが聡子さんのものではない。被害者は他に三名いた。彼ら彼女らは皆、尊厳を踏み躙るかのようにバラバラにされ、神社の裏手に乱雑に撒《ま》かれていたのだ。

警察の発表によれば、聡子さんも他三名の犠牲者もその場で殺害されたわけではなく、別々の場所で殺害され、この場所で遺体を損壊されたということだそうだ。

そして、確実に事件に関与していると思われる芽衣は、失踪している。

事件から十年経った現在でも犯人の特定、逮捕には至っていない。

正治は何らかの事情を知っていると見て、勾留されたが、証拠不十分だったのか、そののち釈放されている。正治は東京に移り住んだようだが、それ以降の情報は残念ながらどこにもない。

当時、連日に亘《わた》って、事件について報道され、苛烈な犯人探しが行われた。

芽衣がやったのか。正治がやったのか。あるいは、共謀したのか。

氷川邸は取り壊され、山は切り崩され、事件の余韻は朝凪神社にしか残っていない。

十年ぶりに筆者が取材して回ったところ、ほとんどの住民は顔を背け、一切取材に応じなかった。そして少数は、よくある嫁姑問題《よめしゅうとめ》の話をし、芽衣が犯人である、正治が犯人である、共謀していたのである、と十年前もワイドショーで聞いたような憶測を並べ立てた。

しかし、たった一人だけ、そのどちらでもない反応を示した人がいる。

近所に住む長尾《ながお》さん（仮名）という女性は齢《よわい》九十にして背筋が伸びていて、非常に滑舌良く、失礼ながら頭がはっきりしているという印象を受けた。

長尾さんのインタビューを書き起こしたので、ぜひ目を通して、事件について今一度考えていただきたい。


私は生まれた時からM町に住んでる者《モン》ですけど。

この辺りは昔から、動物が殺されることが多かったですね。

山に囲まれているから、そりゃあ、そういうこともあると思いますよね。

確かに、北海道なんかでは、車とシカやタヌキがぶつかって、死んでしまって、死体が放置されている、なんていうこともあるみたいですが。そういうことではないんですよ。

野生の動物の死体よりもずっと、犬だとか猫だとか、人間に飼われている動物の死体の方が多かったんです。

今はね、そんなことが数回でも起きたら、大変なことになりますよ。でもね、私の若いときなんかは、「犬畜生」という言葉もあったような時代ですからね、飼い主は悲しみましたけれど、さほど問題にもならなかったんですよ。

それは、人間でも同じことでね。

もうほとんど知っている人もいないでしょうが、『藪《やぶ》知らず』と言われてましてね、そこの近くを通る人が必ず消えると言われた、草木の生い茂ったところがありました。

本当に、不自然なくらいに人が消えました。何十人何百人ってわけではないですけどね。

でも、それでもやっぱり、「あそこには近付くな」と言われる程度でしたね。

命の価値がずっとずっと低かったんです。

私が四十になる頃にはこのあたりも開かれて、住む人も段々増えていってね。『藪知らず』と言われていたところはある程度刈られて、歩きやすいように遊歩道が通りました。今はまた、住む人が減りましたから、あまり整備されてはいないようですけどね。

私は――というか、誰でも、失踪する人が多いのは、道が暗くて見通しが悪いからだと思いますよね。事件にしろ事故にしろ、そういうことが起こるのは。

でも、不思議なんですけどね、『藪知らず』のところには、そのときは貯水池があって多少開けていたんですが、やはり人が消え続けました。

さすがにその頃には、警察も真剣になって、誰か不審者がいるのか、あるいは事故の起こりやすい地形だとか、そういうものがあるのかと調べましたが、結果は、何も分からないということでした。

ですからやはり、「近付かないように」とみんなに言って回るくらいしかなくてね。

だから、私も、本当は絶対に近付きたくなかったんですけどね。

私の息子が高校二年生の時のことです。

息子の同級生に、Ａ君という、それはそれは顔の綺麗《きれい》な男の子がいましてね。髪の毛はほとんど坊主のように短く刈り上げていたんですけれど、かえって顔立ちの良さが目立つような美少年でね。なんだか遠目から見ても気品があるので、近所では評判でした。Ａ君のお母様は体が弱いということで、学校の集まりにも参加されていなかったので、顔は見たことがないんですが、たまに見るお父様もＡ君そっくりの大変綺麗な顔をされていて、近所の奥様達ときゃあきゃあとはしゃいだものです。

ある日の夕方、私は夕飯の準備をしていたんですが、お醬油《しょうゆ》を切らしていたことに気がついたんですね。仕方なく、少し先の商店に歩いて行くことにしたんです。

その日は、曇り空で、夕方なのに随分薄暗かったです。そのせいか、ほとんど人通りもありませんでした。

私が小走りで歩いていると、遠くに、息子と同じ学生服を着た少年が目に入りました。

近付いていくと、それはＡ君でした。

「A君、こんばんは」

そう声をかけても彼は気が付かないようで、ずんずんと進んで行きます。

聞こえなかったのかもしれないし、そのまま見送ろうとしたんですが、A君は、どう考えても
貯水池の方に歩いて行っているんですね。

「ちょっとちょっと、A君、危ないわよ」

A君は止まってくれません、それでも、私も、同じ年の子供がいる親ですから、心配で、追って行きました。

A君は案の定、少し進むと貯水池のある、雑草が生えた場所で止まりました。

「A君、どうしたの。探し物があるなら朝になってから」

私はそこで、自分で自分の口を潰すように塞ぎました。

ざくざくと草を踏み分ける音がして、奥から人型の何かが現れたからです。

それは、本当に人型でしたが、形が人のようであるだけでした。

目は、黒目が上の方を向いていて、口をがばっと大きく開けている。それが、果物の皮を剝《む》いていて、中身が飛び出てしまったというみたいに、本当に大きく開いているんです。

かちかち、ぎしぎし、そういう音が、その口から流れてきました。

A君危ない、そう思ったけれど、我が身可愛《かわい》さで声を出せなかった。口は、私なんか、呑《の》み込んでしまえるくらい大きく開いていましたから。

しかし、そんな罪悪感を感じる必要なんてなかったんです。

かちかち、ぎしぎし。その音はＡ君も鳴らしていました。

次の瞬間Ａ君は、大きな人型の生き物と同じように、裂けるように口を大きく開けました。

私は悲鳴と吐き気を堪《こら》えることに集中して、恐怖を押し殺しました。臭かったんです。ニンニクだの納豆だの下水だのといった臭さとは一線を画す臭さでした。長く吸っていたら病気にかかって死んでしまう、そういう生命の危機を感じさせる臭さでした。

目の前の二匹のバケモノは、悍ましい音を出しながら笑って――そう、笑っているように思いました。それで、倒れ込むように、地面に四つん這《ば》いになりました。

早くその場から逃げればよかったんですが、絶対に奴《やつ》らに気付かれると思って動けませんでした。呼吸の音さえ聞こえないでほしいと祈っていました。それに何より、気持ち悪いのに、なぜか目が離せませんでした。

気付いてしまったんです。Ａ君と一緒にいる生き物の、おまけのように張り付いている皮の部分は、Ａ君のお父様だということに。

思えば、おかしなことだらけです。息子の通っていた高校はそれなりに大きくて、確かに遠くから通っている子もいるにはいましたが、Ａ君は徒歩で登校していたし、お父様もよく見かけました。しかし、家を知らないのです。確実に、近所に住んでいるはずなのに。そんなこと、考えられません。

バケモノたちは、うぞうぞと歩き回っています。足の部分がくの字に曲がっていて、目を覆いたくなるような醜さでした。

これからどうすればいいのだろう、生きて帰れたとして、どうしたらいいのだろう、今後Ａ君やお父様の顔を見て、普通に過ごせる自信はない、そんなことをずっと考えていました。

私は体を少し動かして、地面に刺さっているポールに体が完全に隠れるようにしました。そのとき、やや大きな音が出てしまって、とうとう気付かれて殺されるかもしれないと覚悟をしましたが、そうはなりませんでした。見ると、バケモノたちは、一心不乱に地面を掘り返しているのです。

目線を縫い付けられたようにそれを見ていると、そのうちバケモノは何かを掘り当てたようでした。

もう、ここからは思い出したくもありません。

奴らが見付けたのは、何かのあばら骨――に付着した肉塊でした。最初は、シカのそれだと思いましたが、人間です。鎖骨みたいなものも見えたような気がしました。

ぐちゃぐちゃと汚い音を立てて、長い舌を伸ばして、挿し込んで、血まみれで。

私の足が、どうして動いてくれたのかは今でも分かりません。生存本能かもしれません。奴らが夢中になっている隙に、私は逃げました。

それで、それからしばらく、外に出られませんでした。

あのバケモノが、万が一私の姿を見たり声を聞いたりしていたら、私もあの肉塊のようになってしまう。もちろん通報なんてしませんでした。自分のことしか考えられませんでした。

でもね、ある日、夫が、「おい、また人が消えたぞ」と言ってきました。「息子の同級生のＡ君の家の人が、全員消えたそうだ」と。

夫は「何度も言うけど、あんな場所に近付くから悪い。絶対にそばを歩くのも良くない」と息子に言いまして、息子は鬱陶しそうに頷《うなず》きました。

つまりあのバケモノは狩場を変えたのか、あるいは死んだのかですけれど、他の失踪人と同じように扱われたわけです。私は、その日から外に出られるようになりました。

それでもずっと、頭には記憶がこびりついています。

はい。そうです。聡子さんを殺したのは、間違いなくあのバケモノですよ。

私は聡子さんの家に女の人が一人で入って行くのを見たんです。警察の方にも話しました。警察の方は、それで、お嫁さんを犯人扱いしていましたけど。

実際、お嫁さんのようには見えました。でも、警察の方は、そのあと私が話したことを、ボケたババアの与太話だと思って、全く無視したんです。

あれは、お嫁さんの皮を被《かぶ》ったバケモノですよ。

目が黒々としていて、よく見るとうすく緑がかっていて、胃の中のものを吐きだしてしまいそうなくらい臭かった。あの日見たバケモノと同じです。

私はバケモノの口が割れるように開くことを知っています。結局、死んだのでも、狩場を変えたのでもなかったのだと確信しました。

つまりあれらは、皮を脱いで、また新しい皮を着て、そういうことをずっとやっているのだと思います。

私は少し見ただけで分かったので、すぐに家に帰ったのですが、思い直して——子供も産んで、孫の顔も見られて、もう、死んでもいいと思うような年でしたから、勇気を振り絞って、もう一度行ったんです。

そうしたらね、同じような、臭い、ひどく臭い人間に見えるものが動いていたので、やはり、あれは二体いて、それは変わらなくて、皮を替えて生き続けているのだと確信したんです。

この話、誰かに信じてほしいと思います。年を取ってしまって悲しいです。きっと『藪知らず』のところでまた誰か消えると思います。

あのバケモノたちに食われるのです。

（月刊　魑魅魍魎《ちみもうりょう》　令和六年　四月号より）

＊

ワンピースの赤い裾が広がるたびに、堪えようのない不快感が脳髄を走る。この不快な臭いが虫だからなのか、あるいは人を殺し、その屍《しかばね》の穢《けが》れから来るものなのか、分からない。

正治は何が今起こっているのか正確には分からない。顔があげられないのだ。しかし音は嫌でも聞こえる。

芽衣の「弱いくせに」と繰り返す興奮で上ずった声。重たいものを蹴るような音。そして、たたた、たたた、とリズムを刻む足音。足元だけはよく見えるのだ。赤い裾から伸びた足は、白く、薄汚れていて、悍ましい。

恵君《フェンジュン》の姿は見えない。もしかして、死んでしまったのかもしれない。芽衣にぐちゃぐちゃに踏み殺されたのかもしれない。そうだとしたら、次に殺されるのは。

詠晴《ヨンチン》の呪文が聞こえる。日本の読経とは違う、叫ぶような声。

効いていないのは分かる。たたた、たたた、と音を立てて、白い足が踊っている。

「ねえ、詠晴、あんたさ、色々教えてくれたよね」

呪文が止まった。代わりに、か細い呻き声が聞こえる。もう、すぐ隣に足がある。見なくても、想像ができる。詠晴の首をかさかさとした腕が摑《つか》んでいるのだ。

「私、あんたのことは嫌いだけど、あんたと話すのは楽しかった。あんたはあのとき強くて、賢かったから」

どさっと重い音がする。視界の端で、倒れ込む詠晴が見える。

彼女は体を震わせて、首だけ動かして、気丈にも睨みつけている。

「そう……謝謝您《シェーシェーニン》……あまり嬉しく、ないけど」

「喜びなさいよ」

ところどころ汚れた裸足が、詠晴の顔に乗っていた。そのまま、ぐりぐりと踏みにじる。詠晴は下唇を嚙《か》みしめている。

「今は、全然、弱いね。すぐに殺せるけど、思い出話をしようよ」

「思い出なんて……」

「たくさんあるよ。私がレイプされてるとき、一番最初に来たのは恵君だったけどさ、助けてくれたのは……人間的な意味でね。人間的な意味で、助けてくれたのはあんただってこと、覚えてるよ」

詠晴の喉からひゅう、と奇妙な息が漏れた。

常識をはるかに超えた事柄で脳が埋め尽くされている。処理しきれていない。それなのに、また新しい情報が泥水のように流し込まれる。

「レイプ……」

正治は、阿呆《あほう》のように単語だけを漏らした。芽衣がははは、と笑う。

「そうだよ正治さん。私ね、レイプされたんだよ。台湾に留学したとき。言葉も分からないし、わけが分からなかったなあ。痛くて、汚くて」

「それ、は……」

「でもね」

正治の声を遮って芽衣は言う。

「それは全然嫌な思い出じゃないの。そいつは、恵君が殺したの。一方的に噛みついて、血が飛び散って、内臓が噴きこぼれて、何にもできなかったのそいつ。本当に面白かった。綺麗だったなー、恵君」

芽衣の声は明るくやわらかだった。なぜそんなに明るく話せるのか。そんな言葉すらかけたくない。一瞬生まれた同情の気持ちは瞬く間に握りつぶされて消えた。気持ちの悪い生き物としか思えない。人間ではない。人間の言葉を話しているだけだ。

「だから、悪いけど詠晴、本当にごめんなんだけど……人間としては、あんたに『謝謝』って言う必要があるっていうのは分かるし、感謝も、ウーン、してる、かな？　でもぉ」

「無理しなくていいよ」

苦し気な声で、しかしはっきりと詠晴は答える。

「感謝、いりません。本当のあなたのことが……分かった気がする」

きゃはは、とわざとらしく大声で芽衣は笑う。

「何が分かった？　本当の私って何？　とってもとっても、強いこと、分かった？」

「いいえ。すごくすごく、醜いこと」

ぎゅえ、とカエルが引き潰されたような音がした。白い足に力がこもっている。

「本当に、弱いくせに、生意気だよね。まあいいよ。思い出は、それだけじゃないから。色々、文化の話してくれたよね。あの頃の私は子供だったから、全然、勉強に興味がなくて、損してた。完全に旅行気分だったし。でも、詠晴の話は面白いから、よく覚えてる。『一枝草《イージーカオ》、一點露《イーティエンルー》』だっけ、台湾の諺《ことわざ》？　少しの希望があれば生きていけるっていう、いい諺だよね」

「あ、あなたに」

「私も、そう思ってたんだずっと。結婚してからは……いや、結婚するもっと前から、『一枝草、一點露』って。私にも何かの役割があるんだから、きっと何かが起こるし、そのときまで頑張ろうって、そう思ってた。結果的に今があるし、台湾人っていいこと言うよね」

芽衣はよどみなく、一方的に、話し続ける。今なお踏みつけ続けている詠晴のことなど、玄関マットとすら思っていないかもしれない。

「あとね、すっごく覚えてるのは、台湾の昔の庶民の家庭では、女が産まれると、迷惑だったって話。『男は陽、女は陰、男は幸多く、女は災い多い』ってやつ。腹変えだっけ。なんかそういう、おまじない？　おいのり？　あるんだよね、妊婦さんにかけるやつ。お腹《なか》の中の子供を男の子にするの。でも結局女の子が生まれたら、溺死させるんだっけ？『さすがに現代ではもう行われないけど』って詠晴は言ってたけど、知識としてあるってことは、そんなに昔のことじゃないよね？　台湾人怖いな〜って思っちゃった。でもさでもさ、結局、日本人だって変わんないよね。男の子を産めっていう農家の人とかいるらしいし。私だって、そういう女性蔑視的な考え方は嫌だよ？　だけどさ、分かることもある。女に生まれるとさあ、辛《つら》いこと、多いよねって。男と一緒にいて、セックスして、子供作らなきゃいけないとか、地獄だよ。それが普通のことだっていうんだから、女にとって地獄って標準装備ってこと？　ごめん、なんか、とっちらかっちゃった。つまりね、一番辛いことは、弱いことだよ」

芽衣はもう笑っていなかった。足をゆっくりと詠晴からどけ、しゃがみ込む。膝と、腕と、首が見えた。肌は全て、赤黒いシミで汚れていた。

「弱いからさあ、強いものと一緒にいなきゃ生きていけないんだよ、結局。強いものに従わなきゃいけないんだよ。それが地獄なんだよ。弱いって、最悪だね」

「弱いことが、最悪なんじゃなくて」

「なに？　弱いことが最悪なんじゃなくて心が醜いことが最悪なんだ〜みたいなこと言う気でしょ。Ｊ－ｐｏｐの歌詞？　悪いけどそんなの聞く気ないから」

芽衣は大きく溜息《ためいき》を吐《つ》く。

「これから、何しようかな。強くなって、動物も人も、すっごく簡単に殺せたけど、つまんない。恵君も私より弱かったから、つまんなかった。どうしてあのとき、恵君はあんなに綺麗だったのかな？　殺してみたら恵君みたいな感じになれると思ったけど、あんまりだね。血も欲しくならないや。よく考えたら、血が欲しいって、ホントに虫だね、気持ち悪い。ってことは私、虫じゃないのかな。気持ち悪いし、ならなくてよかったかも」

「寶貝《バオベイ》、私、楽しく、ないよ」

恵君の声がざらざらと耳朶《じだ》を打つ。そして一瞬で、その体は引き倒された。

聞くだけで障りがありそうな高い音がして、正治の体は仰向《あおむ》けの姿勢に転がされる。恵君の頭が見えた。かくかくと、糸の切れた木製のおもちゃのように首が動いている。

「その呼び方やめろって言ったでしょ」

「寶貝、私、血も、殺すのも、楽しく、ないよ」

「だから何」

「強いと、楽しい、違うよ」

「何言ってるのか分かんない」

「私は分かりますよ」

顔に砂埃がかかる。見ると、足を震わせながら、詠晴が弱々しく立ち上がっている。

「あんたは弱いんだから、分かんないでしょ」

立ち上がったものの、体が支えられず、結局地面に座る形になった詠晴を見て、芽衣はバカにしたように鼻を鳴らした。

「高校生の時の記憶で、あんたには強くて綺麗って印象があった。呪《まじな》い師？　そういうことをしてるから、もっと、呪文で人殺したりとか、そういうことができるんじゃないかって思ってた。馬鹿みたい。そんなに弱くて、今じゃそれこそ、虫みたいだね」

「期待を裏切ってしまってごめんなさい。私はあなたの言うとおり、弱くて、虫みたいかもね。でも、虫みたいだから、虫のことはよく分かる」

詠晴は一呼吸置いて、

「虫が血を吸うのも、殺すのも、習性。そこに何の感情もない」

「……だから？」

「自分より圧倒的に弱い存在を踏み躙って本当に楽しそうね」

けらけらと笑いながら詠晴は淀《よど》みなく言った。

「弱い者を痛めつけることに楽しさを見出《みいだ》している時点で、あなたは人間。弱くて脆《もろ》い人間でしかない」

「黙れよ」

芽衣は恐ろしい形相をしていた。

小さかったはずの目は目尻が裂けそうなほど大きく見開かれ、白目が赤く血走っている。口はどうすればそうなるか分からないほど歪《ゆが》んでいる。その歪みは顔面の全ての部位に伝染し、見るだけで障りがありそうだと感じた。

芽衣は手首を恵君に摑《つか》まれながらも、一歩一歩地面を踏み躙るようにして詠晴に近付いてくる。

詠晴は涼しい顔をしていた。

「その顔、ムカつくんだよ」

地の底から響くような声でそう言われても、天女のような笑みは剝がれなかった。

「あなたは今も弱いよ。醜くて弱い」

「お前」

「感謝してる。頭が弱くて」

恵君の手がとうとう手首から離れた。奇声を上げて芽衣が飛び掛かってくる。

瞬く間に詠晴の頭が噴き飛ばされ、血飛沫《ちしぶき》で体が赤く染まる——そんな想像をする。しかし、実際起こったことは、まるで違った。

芽衣は声もなくのたうち回っている。芽衣が動くたびに地面が削れ、土埃《つちぼこり》が舞ってざりざりと音がした。

「長く虫を扱ってきたのに、対抗策が一つもないと思ったんですか？　馬鹿だね」

そう吐き捨てて、詠晴は腕を高く上げた。

「快殺了她《クウアイシャーラター》」

詠晴が言い終わる前に芽衣が消えた。

正治はきょろきょろと辺りを見回す。

「あの子が、連れて行きました」

「あ、あ……」

言葉を上手《うま》く出せない正治を一瞥《いちべつ》して、詠晴は張り付けたような笑みを浮かべた。

「さすがに、芽衣さんを殺さないでとか、言いませんよね」

「はい」

それだけははっきりと言える。恐ろしいと思う気持ちはもちろんある。しかしそれ以前に、この世界は、いや、人間という規格は、芽衣にはふさわしくないと強く思った。

「正治さん、立てますか？」

「はい……」

「それは、良かった」

詠晴の顔を見る。

芽衣が倒れ込む前、詠晴は何かを芽衣の顔に吹きかけたように見えた。おそらく、それが対抗策だったのだろう。

彼女はバケモノと化した芽衣を間違いなく倒したのだ。しかし、少しも晴れやかな顔はしていない。

「詠晴さん……」

何も言うことなど見付からないのに、正治は呼びかける。

「正治さん、車を運転してもいいですか」

「ああ、そうですね、帰りましょう」

しばらくお互いに顔をじっと見合わせた後、正治は彼女にキーを渡した。


「詠晴さん、運転、できたんですね……」

何の意味もない、静寂に耐えかねて放った、間をつなぐだけの言葉だ。しかし、口を動かしていないと、余計なことを考え、それに脳が埋め尽くされ、自分が何をしてしまうか分からなかった。運転をしていなくて良かったと思う。何かしないと気が済まないような気分だ。わざと壁に衝突してしまうかもしれない。

はあ、と溜息が聞こえた。天女のような顔は、全く動揺を見せない。

「どうですか。見ますか？　もう何も、意味はないですが」

詠晴は正治の会話には全く付き合わずそう言った。

何を見るのか、それは決まっている。正治はゆっくりと頷いた。

車はゆっくりと田舎の道路を走る。山肌がオレンジ色に染まっていて、少しだけ美しいと思う。

朽ちかけた集合住宅が見える。ここは数年前に入居者がいなくなってからずっと壊されることもなくそのままになっている。今では草木に覆われ、近所の若者が肝試しに使ったりする場所だ。

詠晴は車をその前で停《と》め、短く「ここです」と言った。

立ち入り禁止の看板を無視して破れたフェンスを通り、ずんずんと進んで行く。

正治はもう何も聞かなかった。

吐き気を催すような悪臭が弱く漂っている。ただ、臭いだけだ、今となっては。

そこでは二体の虫が交尾でもするように絡み合っている。

「大丈夫、もうこちらには飛んできません」

詠晴が落ち着いた声で言う。じっと彼女たちを見る。

お互いに食い合っているように見える。

顎を開けて、重なり合って。

しかし、それもすぐに終わる。

恵君が舌を伸ばし、芽衣の口の中に深く突き刺した。

「ウッ」

正治は地面に伏して耳を塞いだ。一瞬、体を内側から破壊されるようなひどい声が聞こえた。

しかし、ほんの一瞬だった。恐る恐る顔を上げる。詠晴がじっと見ていた。

「もしかして、虫にも、愛というものがあるのかもしれない」

詠晴は正治に向けて話していないようにさえ見える。

「私は、あなたの奥様を止める唯一の方法――この、白い花の毒――私が彼女に吹きかけたもの、それをあの子に渡したの。あの子なら、より深いところに毒を送り込めるから。それだけのつもりだった、でも」

芽衣の口はもう閉じている。人間のように見える。顔を赤くして、唇から泡を吹きながら、激しく眼球を動かしている。彼女はもう、死ぬのだと思う。

「虫は、本能しかないはず。いくら人間のような感情が芽生えても、最終的には生存を優先するはず。ありえないのですよ、心中なんてことは」

詠晴に説明されなくても分かる。恵君は芽衣と同じように、人間の姿に戻って、同じように苦しみながら、それでも芽衣の手をしっかりと握っている。抱き締めている。

「醜死了《チョウスーラ》」

詠晴がそう言った。正治に台湾の言葉は分からない。しかし、彼女が何を言っているのかははっきりと分かった。

「そうですね」

正治は頷く。いつの間にか昇っていた太陽が目に沁《し》みる。目を細めたから、目の前の光景が少しぼやけている。

「本当に、醜い二人だ」

もうほとんど二人の境目はない。ぱちぱちと音を立てて、薄汚れた塵《ちり》になっていく。

夜中の街灯で蛾《が》が死ぬときと全く同じ音なのだな、と正治は思った。

エピローグ

大きな振動で目が覚める。目を開けると灰色の天井が見える。少し埃っぽい。だから一瞬、地下室かと感じたが、それは違う。地下室は狭くて暗くて、そこにいるだけで常に具合が悪くなる。背中に硬いものが当たる。ここは一体――

「恵君《フェンジュン》」

微かな声だった。聞きなれた声。いや、数年ぶりの呼び方。

だからつい、

「姐姐《ジェジェ》」

そんなふうに答える。答えてしまってからすぐに、目を瞑る。殴られる。彼女に殴られたって、体は痛くもなんともない。日本では、「蚊に刺された程度」なんて表現もするらしい。私は、虫だから、そんなふうに表現するのは、おかしい。私は、虫。虫だから、彼女のことを、

「よかった。目が覚めて」

驚いて完全に覚醒する。

詠晴《ヨンチン》だ。彼女は、私の、

「女士《お嬢様》」

私はその場に這いつくばって謝ろうと考える。しかし、地面が揺れる。随分天井が低いことに気付いた。

「そう、ここは、車の中。あなたは私と家に帰るところ」

そう言われて初めて、窓の存在に気が付く。

窓から見える景色は、海、橋、工場。漢字、ひらがな、カタカナの看板がある。

「まだ日本だよ」

詠晴はそう言った。彼女のすっきりとした顎のラインが、今はことさらすっきりと見える。すっきりを通り越して、尖っている。痩せたのだ、と思う。

車はそのまま真っ直ぐに走って、大きな道をぐるぐると回って、見たことのある場所に着く。飛行場だ。

「ありがとうございます」

流暢な日本語で詠晴が言う。私もつられてたどたどしく、「ありがとうございます」と言った。

それを聞いた、運転席に乗っている男が舌打ちをする。

「ああ、やっぱりアンタたち外人ですよね。外国語で話してたし、もしかしたらと思ったけど。あのねえ、臭いんですよ。香辛料か何か分かりませんけど、鼻が曲がりそうですよ。日本では日本のマナーを守ってもらわないと困ります。もしそのまま飛行機に乗るつもりならやめた方がいいですよ。荷物を捨てるなり、厳重に梱包するなりしないと、みんなが迷惑しますから」

ぎちち、と奥歯が鳴る。私は早口の日本語は分からない。だけど、悪く言われていることくらいは分かる。男は口から唾を飛ばして、詠晴を睨んでいる。腹が立つ。男は大嫌い。男は、私のものを奪おうとする。だから。

「申し訳ありません。ご忠告ありがとうございます」

詠晴の長い指が私の下唇をなぞる。やめてください、と言いたい。汚い涎がついてしまう。でも、手で押さえられているから、そんなことは言わない方がいいと分かる。

詠晴は男に何度も頭を下げて、入口に向かう。私もついて行く。

すれ違う人が眉を顰《ひそ》めて鼻をひくつかせ、きょろきょろと発生源を探す。詠晴はそのたび、「大丈夫」と言う。何が大丈夫なのか、それは分からない。でももし、私の心を労わっているのなら、なんだか嬉しいと思う。

いつもどおり上着を顔がほとんど隠れるくらいすっぽりと被って歩けば、外からは私が見えない。私からは、見えるけれど、私を見る目は、嫌悪と恐怖しかないのは分かり切っているし、見る必要もない。

とにかく、詠晴についていくことだけ考える。

ラウンジと呼ばれるところでお茶を飲み、しばらく時間を潰してから、詠晴からパスポートと旅券を受け取って、後は飛行機に乗る。

「フードとっていいよ」

と言われ、特に必要も感じないけれど取る。

大きな座席とパーテーション。座席の横に何か大きい板みたいなものが飛び出ていると思ったら、大きなモニターのようだ。

「ネットカフェみたい」

日本の漫画で、オタクの男が、そういう場所でインターネットを使って、他人を攻撃していた。誰からも見えない個室。ここは飛行機の中のはずなのに、そういうネットカフェみたいな個室が、六個ある。

「ネットカフェなんてどこで覚えた？　漫画？　まあいいけど、ここはファーストクラス。とても値段の張る飛行機の座席だよ」

「値段、お金、私……」

飛行機に乗ったことはあるけれど、いつも足がまっすぐ伸ばせないくらい狭い座席だった。そもそも、飛行機に乗るときは、赤い服を被せられて、ずっと死ぬほど痛くて、周りのことなんて確認するような気持ちにはならないのだけれど、とにかく、こんな座席があるなんて、全く知らなかった。

「座りなよ」

そう言われて、すぐ右にあった席に座る。詠晴も真横の席に座っているが、ひとつひとつが個室みたいだから、間がすごく開いている。詠晴がパーテーションを降ろしてくれているから、顔は見えるけれど。

「日本から台湾なんて短い距離でファーストクラスに乗るなんて、億万長者かただのバカだよ。

私と恵君は、どっちかな？」

私は質問の意味が分からない。でも、バカという言葉は良くないから、「バカじゃないです」と答える。

詠晴は、ははは、と声に出して笑った。

そして少しだけすまなそうな顔をして、

「ごめん、これ、腕につけて」

そう言って手渡してきたのは、赤い革製のブレスレットだった。見るだけで怖い、あの服と同じ臭いがする。でも、仕方がない。指先で触れただけで、熱い湯を触ってしまったときみたいに痛い。

「ごめんね」

詠晴にそう言われると、悲しくなる。なぜ謝るんだろう。これは、私にとっては必要なこと。私は虫だから。いえ、もっと必要なこともある。

「女士、服は」

「服はいい。席、ガラガラだし、人間にも少しは我慢させたらいい」

詠晴の言っていることはよく分からなかった。でも、服を着なくていいのは、嬉しい。

ブレスレットをした腕はじくじくと痛むけれど、気を失う程じゃない。

結局出発する時間になっても、ファーストクラスに来たのは小柄な老人一人だけで、一番後ろだから、そこまで迷惑もかけないかもしれない。

「あなたって、日本までどうやって辿り着いたんだっけ」

「荷物に張り付きました」

「そう。すごいね。パスポートを取っていって、普通に飛行機に乗ろうとは考えなかった？　買い物もできるでしょ？」

「考えませんでした……」

「そう。賢明だね。あなたのパスポート、きっともう使えないし。ずーっと昔に作った時から顔が変わらないんだもの。今作るのも無理だね」

そう言ってから、体を乗り出して私の耳元に唇を寄せた。

「今あなたが持ってるパスポート、偽造だから。分かる？　ニセモノ。バレたらヤバいの。本当に面倒だったんだから」

唇が、心地よい温かさを残して離れていく。私は何度も指で耳を撫でた。

しばらく、詠晴は何も話さなかった。質問をされていないし、話すことは許可されていないから、私も何も話さない。

「恵君にとっては、私が日本に来ない方が、幸せだったよね。私だってさ、何もしなければよかったのかも。そしたら、あなたは、あの子と一緒に、たくさん殺して、日本をめちゃくちゃにしたりして、楽しかったかもね」

「違います」

私はそう言う。ふさわしい答えだからじゃなくて、本当にそう思っているから。

「女士がいないと、私、何もできません」

「違うのはあなただよ」

遮るように詠晴が言う。

「あなたがいないと、私は何もできないんだよ。クズだもん。ゴミだもん。何もできない。悪いことばかり考えて、何も、他人の役になんて」

「女士」

私の声は聞こえていないみたいだ。詠晴は話し続ける。

「恵君、知ってる？　男と女がセックスすると子供ができるんだよ。ジジイとババアは、私にそれを要求してきたわけ。嫌だと言ってるのに。虫は増やすべきじゃないんだよ。虫というのはね、恵君たちだけのことじゃない。私はもう恵君を虫じゃないなんて言わない。虫だよ。間違ってるのは、私たち林家だって人間じゃないってこと。虫ってこと。虫と一緒にいるんだから虫だよ。虫のガキなんて作るわけないじゃん。滑稽だよ。それでも子供はまだかまだかって、夫に許してるのなんて、ケツの穴だけだよ」

「女士！」

思っていたより大きい声が出る。でも、そうするべきだった。さっきから、後ろの老人が、聞いているような気がする。

「女士」

もう一度呼びかける。何を言っていいのか、分からない。

「ごめんね。でもさ、私って、最低だと思って」

「女士は最低じゃないですよ」

「私、誰にも本当のこと言わないもん。虫のことだってきちんと教えたことない。恵君にだって。最低、中途半端なことばっかりやって、最低。だから、あなたは、めちゃくちゃなことをした。あなたは、自分の肉を与えて、それで」

詠晴は言葉を詰まらせる。私がやっためちゃくちゃなことというのは、きっと、芽衣に肉を与えたことだ。虫にした。確かに、誰からも許可されていなかったから、良くないことだった。芽衣は暴れて、色んなものを壊した。良くなかった。

でも、詠晴はごめんなさい、と私に言う。私に謝るということは、詠晴は悪いことをした？

私は、詠晴は悪いことをしていないと思う。

悪いのは、芽衣だ。

芽衣は嘘を吐いた。弱ったふりをして、私のことも、みんなのことも騙した。

だから殺した。

悪いのは芽衣で、詠晴は何も悪くない。

そういうことを、頑張って伝える。許可されていないから、これも悪いことかもしれないけれど。

「そうなんだ……虫は、そう考えるんだね。合理的だね。でも、違うんだ。私は正治さんを騙した。何の罪もない人に嘘を吐いた。遠くからで、あまり見えていなかったのをいいことに、あなたと芽衣が相打ちになったと嘘を吐いた。それが、ハッピーエンドに近いと思ったから。誰も悪くない、みたいにできるから……」

「それは、悪いことですか？」

詠晴は答えなかった。

ただ、ぼろぼろと涙を流した。

涙に触ってみたいと思う。少し温かいことを、私は知っている。

「女士……」

「姐姐って呼んで」

泣きながら詠晴は言う。

「姐姐って、呼んで、お願い」

私は、姐姐と呼んだ。何度も。口に出すたびに、胸がぽかぽかと暖かくなって、豚肉より嬉しかった。姐姐、姐姐、姐姐。

詠晴が私の手を握る。

とても嬉しい。

もし飛行機を降りて、二度と手を繋いでもらえなくても。

【初出】
Webジェイ・ノベル
第1回　二〇二三年十二月十九日配信
第2回　二〇二四年一月十六日配信
第3回　二〇二四年二月十三日配信
第4回　二〇二四年三月十九日配信
第5回　二〇二四年四月十六日配信
第6回　二〇二四年五月二十八日配信
第7回　二〇二四年七月二日配信
第8回　二〇二四年九月三日配信
最終回　二〇二四年十月二十二日配信

単行本化にあたり加筆修正を行ないました。

本作品はフィクションです。実在の個人、団体とは一切関係ありません。（編集部）

［著者略歴］
芦花公園（ろかこうえん）
東京都生まれ。2020年、カクヨムにて発表した中編「ほねがらみ―某所怪談レポート―」がTwitterで話題をさらい、書籍化決定。21年、同作を改題した『ほねがらみ』でデビュー。その他の著書に『異端の祝祭』『漆黒の慕情』『聖者の落角』『無限の回廊』の「佐々木事務所」シリーズ、『とらすの子』『楽園〈パライソ〉のどん底』『食べると死ぬ花』『極楽に至る忌門』『眼下は昏い京王線です』などがある。

みにくいふたり

2025年5月10日　初版第1刷発行

著　者／芦花公園
発行者／岩野裕一
発行所／株式会社実業之日本社
〒107-0062
東京都港区南青山6-6-22 emergence 2
電話（編集）03-6809-0473　（販売）03-6809-0495
https://www.j-n.co.jp/
小社のプライバシー・ポリシー（個人情報の取り扱い）は
上記ホームページをご覧ください。

ＤＴＰ／ラッシュ
印刷所／中央精版印刷株式会社
製本所／中央精版印刷株式会社

ISBN978-4-408-53877-8（第二文芸）